四部要籍選刊·集部

蔣鵬翔 主編

元文類

一

〔元〕蘇天爵 編

浙江大學出版社

傳古樓據上海圖書館
藏明脩德堂刻本影印
原書框高一九八毫米
寬一三四毫米

影印明脩德堂本《元文類》序

《元文類》（原題《國朝文類》）七十卷，元蘇天爵輯，據上海圖書館藏明脩德堂刻本影印。

蘇天爵（1294—1352），字伯修，真定人。幼年師從名士安熙，[一]後入國子學讀書。延祐四年（1317），國子學生公試第一，授大都路薊州判官。曾任翰林應奉、修撰、待制，江南行御史臺、中臺監察御史，淮東道肅政廉訪使、陝西行臺治書侍御史，吏部尚書、湖廣行中書省參政、江浙行中書省參政等職。文章、政事俱有聲名。《元史》卷一八三有傳。[二]

除去政壇上的顯宦經歷外，蘇天爵在文章著述方面也頗有成就。「博學而文」，「年弱冠即有志著書」，曾「三爲史氏」，[三]長期在史館任職。鑒於「中原前輩凋謝殆盡」，「聞說故國世家衣冠人物之懿，蓋嘗慨想其遺風餘論」，遂立志「獨身任一代文獻之寄」，留心著述。[四]

其撰著頗豐，據統計，著作共有十四種，還曾預修元英宗、文宗等朝實錄。流傳至今的計有五種，《國朝文類》便是其一。[五]

《國朝文類》是蘇天爵『討求國朝故實及近代逸事』，前後花費近二十年之久，『以私力爲之』，搜輯編纂而成的斷代詩文總集。[六]編輯此書的目的，是做《文選》《唐文粹》《宋文鑑》之例，『敷宣治政之宏休，輔翼史官之放失』，展示有元百年來的文學成就，『百年文物之英，盡在是矣』。[七]蘇天爵選取了從蒙元之際到元中後期的一百五十余位『名人』的八百多篇作品。全書七十卷，分四十三類，『凡歌、詩、賦、頌、銘、贊、序、記、奏議、雜著、說、議論、銘、誌、碑，其文各以類分』。[八]文章取舍的標準，在於『必其有繫於政治，有補於世教，或取其雅製之足以範俗，或取其論述之足以輔翼史氏』，『去取多關於政治』。[九]

作爲現存唯一元人編輯的元代詩文總集，《國朝文類》具備諸多方面的價值。首先，編者蘇天爵嫻於典故，雅擅詞章，『故是編去取精嚴，具有體要，自元興以逮中葉，英華採擷，略備於斯』，[十]足以代表有元一代之文學。其次，元人文集自明以後多有散佚，其中相當一部分詩文因收錄於此書纔得流傳至今。明人葉盛就曾說：『所以攷勝國一代文章之勝，獨賴是編而已。』[十一]尤其是部分元代政書、碑傳人物資料，獨見於此，更具有珍貴的史料價值。第三，此書於元人而言不啻『當代總集』，即使所載篇章並見於其他傳世的元人文集，此書亦可作爲重要的參校本，據以訂正他本之誤。正因如此，《國朝文類》一直被公認爲研究蒙元時代歷史文化的基本典籍，『後人欲知元代史事文物，確是非讀《元文類》不可』。[十二]

《國朝文類》（元以後稱《元文類》）纂成後，元統二年（1334）左右，中書省發文江浙行省刊印，後至元二年（1336）前後，杭州路西湖書院初印本面世。至正二年（1342），因初刊比照底稿原文有較多『脱漏差誤』，江南浙西道廉訪司又發文西湖書院『刊補改正』，是爲至正二年刻本。[十三]西湖書院的這前後兩版都曾印刷行世，成爲元明以後各本的祖本。二者實爲同一套板片，後者只是在前者基礎上進行了修補改正。[十四]

《元文類》元明各本的源流，至今仍是學界關注的重點。最新研究認爲，元代刊本分四種，除兩種祖本外，還有翠巖精舍初刻和翻刻兩種坊刻本。翠巖精舍初刻本應是據後至元二年刻本翻刻，刊於至正二年前。海源閣藏翠巖精舍翻刻本應是以精舍初刻本爲底本，並糅合至正二年西湖書院本部分内容，成書於至正二年後。[十五]

西湖書院本的板片至明尚存，但因歷時久遠，部分板片逐漸漫漶殘損，不得不修補抽換，於是又形成明早期、成化九年至十八年等四次遞修版本。約而言之，本書在明代主要分爲三枝：西湖書院本明遞修本、嘉靖十六年（1537）晉藩刊本（據西湖書院本成化後印本翻刻）與明末脩德堂本。此外，清人陸心源曾見一明初書坊細字本，論者判斷，細字本當係綜合翠巖精舍初刻、翻刻本和西湖書院至正二年本而來。[十六]

關於《元文類》的元明諸刻本之關係，學界述議甚多，但因爲各家目驗版本有限，而此書的版本關係又極複雜，故所言或未能周全，或失於誤判，仍有進一步探討的必要。今借影印此書的機會，僅就筆者所聞見，撮述個人觀點如左，以供同好參考。

一、本書元刻實存三種。

《元文類》的元刻本以西湖書院本（十行十九字）、翠巖精舍本（十三行二十四字）爲大宗，二者皆有多部印本存世。另有一種元刻本（十二行二十三字），卷端仍題『國朝文類』，字體寬、筆畫細而刻工拙，或是翻刻西湖書院且改易行款者，現藏中山大學圖書館，鈐『季振宜印』，《第一批國家珍貴古籍名錄圖錄》（第5册第73頁）著錄爲01234號，罕見前人提及。

二、翠巖精舍本無翻刻本。

西湖書院各本出於同源，雖有元印明印、修版補版之别，而其版本性質較爲明確，學界鮮有異議。翠巖精舍本則衆説紛紜，往往稱有一行款與翠巖精舍本相同卻非翠巖精舍本的元刻本，如《藏園訂補邵亭知見傳本書目》卷十六上補云『元翠巖精舍刊本，十三行二十四字，細黑口，四周雙闌。○元麻沙坊本，行款與翠巖精舍本同，無牌記，滬肆見』，[十七]《楹書隅録》卷五云『此本板式、字體均與翠巖本無異，……此本殆從翠巖本翻雕，而刊時在西湖本初刻之後，未補之前，……此本雖不著刊書年月，而紙墨俱舊，鏤鍥尤工，決係元槧無疑，可與翠巖、西湖相爲鼎峙矣』，[十八]《寒瘦山房鬻存善本書目》卷一云：『元兩刻本，一爲西湖書院本，半葉十行，行十九字；一爲翠巖精舍本，則行款與此本同，世尤重之，謂爲小字本。至此本諸家皆未見，惟楊緦卿編修考訂最詳，言其足與兩刻鼎峙，蓋海源閣有此書也。』[十九]定其爲翠巖精舍本之翻刻本主要依據兩點，首先是原刻卷一末有『至□□□□翠巖精舍新刊』牌記（錢泰吉描摹此牌記於其所校脩德堂本上），翻刻無，其次是翻刻較原刻多出五篇文章。按重慶圖書館藏本是唯一一部被《中國古籍善本書目》《中國古籍總目》明確著録爲翠巖精舍本的完整印本，可視爲翠巖精舍本的標準版，而鄧邦述作跋之所謂翻刻本，今藏上海圖書館，核對兩本，不僅行款字體相同，連細節斷口也完全無異，如卷一第一葉首行『國朝文類卷第一』，『第』字左下角欄線有斷口，第八行第九行底部『炎』『歌』二字下邊線缺失，第十二行『爲首也』，『也』字末筆壓過欄線，二本出於同版，殆無可疑。由此或應得出一個新的結論：並不存在所謂的翠巖精舍翻刻本，也就是說，所有此類印本皆與翠巖精舍本出自同一套板片。至於前人提出的曾經翻刻的兩點『證據』，因牌記可以挖改，板片可以修補甚至抽換，故牌記之有無、篇目之增減實不足以證明板片翻刻與否。再以常理度之，《國朝文類》的全書板片超過千塊，如此鴻篇巨製，即使是奉中央政府之命率先刊刻該書[二十]的西湖書院也無力重刻，只能在初刻板片上挖改修補，翠巖精舍等民間書坊自無資財或動機在數十年間重刻該書。再者，無論是重刻還是翻刻，對於此類本朝新編書籍，當時的主事者都無必要作極逼真的影刻（假如鄧邦述跋本是重圖藏本的翻刻本，則二者面目上的相似程度甚至超過晚清時被公認爲影刻典範的《古逸叢書》）。因影刻在工藝、成本上的投入都遠大於僅僅複製文字內容的翻刻，以盈利爲目的的書坊更沒有理由惟妙惟肖地影刻自己此前付梓的本子。影刻本朝書籍的事例，要晚至清代才相對常見，[二一]但絶不至於精細到這種連欄線斷口都吻合的地步，故可推知：與西湖書院本的情況一樣，翠巖精舍本和所謂字體相同的『翻刻』者都是同版刷印，有遞修而無重刻，前人鼎峙之説不確。

重圖藏本尚未公開全文書影，通過《第一批國家珍貴古籍名録圖録》選印的正文首葉書影確定其與上圖藏鄧邦述跋本都屬於翠巖精舍本的同一版本後，即可轉用上圖藏本驗證其他機構收藏的各種元刻本。就筆者聞見所及，《北京圖書館古籍善本書目・集部》著録之元刻本（館藏號：5216）、《天津圖書館古籍善本圖録》著録之元刻本（館藏號：Z62）、《第一批國家珍貴古籍名録圖録》著録之紹興圖書館藏元刻殘本（編號：01235）、《中國古籍善本書目・集部》著録之鄧邦述跋元刻本（編號：18577）、日本國立公文書館著録之林羅山舊藏元末明初刻本（編號361—0048）都應判定爲翠巖精舍本，而非所謂翻刻或語焉不詳的元刻本，故討論此書元刻時，仍應回歸西湖、翠巖二分法，再在兩個版本系統內部去區分初刻遞修的印次。

長期以來，業界研究《元文類》，通行的是民國時商務印書館《四部叢刊》本，其牌記稱據上海涵芬樓藏元至正二年杭州路西湖書院刊大字本影印，對於當時大多數無緣目驗元槧的讀者來説，自然遠勝於明清諸刻，又因《四部叢刊》在古籍影印本中聲譽盛而流傳廣，故至今仍被不少學者視爲首選版本（2020年安徽大學出版社出版的張金銑點校本即以《四部叢刊》本爲底本）。但《四部叢刊》影印的底本實爲元刻明成化遞修本（有吴嘉泰校並跋，今藏國家圖書館），且有殘缺漫漶，影印時又經配補描潤，其本質是一個『可讀而不可靠』的新造版本，不僅不足以藉之考索元刻原貌，甚至也不及明刻之淵源有自。[二二]

《元文類》的明刻本以嘉靖晉藩本和明末脩德堂本爲主，其中晉藩本可確定翻刻自元西湖書院本的明成化後印本，脩德堂本的情況則較爲復雜，或以爲自晉藩本出而間有校改，或以爲綜合西湖書院本、翠巖精舍本的各時期印本並參考其他坊刻及晉藩本而成，[二三]故其異文頗有特色，不宜因時代較晚而輕視之。在校理《元文類》的衆多清代學者中，錢泰吉成績最著，且其立論皆基於通校原書，故言必有徵，非他人籠統判斷可比，今結合錢氏跋語及筆者所見，簡介脩德堂本的情況並歸納其可取之處，以說明影印此本之理由。

脩德堂本内封題『脩德堂重訂／本衙藏版』，不署年月，『由字多缺筆，當刻於明天、崇時』[二四]（明代至天啟、崇禎之世才避帝諱）。對於此本的文本質量，前人多有微辭，錢泰吉稱『舛誤不可讀』，傅增湘稱『不佳』，[二五]但其訛誤不能完全歸咎於明人。根據錢氏的校勘結果，脩德堂本的問題大致可分爲三種類型：有確爲新增訛誤者，如卷一《感志賦》，兩元刻『鹿之斯奔』，脩德堂本『斯』誤作『期』，但更多的是沿襲元本之誤，如同篇『謂時命之可戈』，兩元刻及脩德堂本均作『戈』，實當作『弋』，且有似非實是者：

卷二十七楊氏奐《鄆國夫人殿記》，夫人姓并官氏，初疑『并』爲『亓』字之誤，及見兩元刻俱作『并』，乃攷之孫氏志祖《家語疏證》、梁氏玉繩《漢書人表攷》、王氏昶《金石萃編》諸書，知漢《禮器碑》、宋大中祥符鄆國夫人勅及覃溪翁氏所見國學暨江寧府學元明加封詔書碑皆作『并』，『并』字爲是，往時讀俗本《家語》，遂不知聖妃姓氏，妄改古書，可笑也。[二六]

此外又有一些通過推敲史源判定其誤的情況，如《感志賦》『䪡眾金於大冶兮』，引《說文解字》《莊子》稱『䪡』當作『䪢』，『乃齏之本字』，[二七]『河魚衝波兮乃窺其尾』，引《左傳》稱『窺』當作『𥉒』。此類情況，元刻與脩德堂本往往同誤，錯誤的根源究竟是底本之是非還是立說之是非，實未易言，但至少不該由脩德堂本的校刊者承擔主要責任。

客觀地說，脩德堂本的校勘確實有欠精審，但其訛誤往往源於元槧，並非明人新增，此本能較忠實地保留元槧文本（包括訛誤），至少爲後人校訂留下線索，庶幾可免『明人刻書而書亡』

之譏。與錢泰吉『知其從西湖本出』的簡單判斷不同，根據魏亦樂的校勘，脩德堂本兼具西湖書院本早印本、翠巖精舍本後印本、明晉藩本等多個版本的異文及篇目上的特徵，所以即使現存西湖書院本與翠巖精舍本的多部不同時期的印本，仍有必要在研究時參校脩德堂本。

與元槧二本相比，脩德堂本的内容和體例也較完備，『每卷前列元趙郡蘇天爵伯修父編次，太原王守誠君實父校訂二行，今所見兩元刻俱無之』。[二八]其目錄格式較爲整齊（但和他本類似，多有疏訛，如『吴澂』誤作『吴徵』、『袁桷』誤作『袁桶』、卷三十一篇名《湖南安撫使李公祠堂記》誤作『河南安撫使李公祠堂記』，亦有目錄不誤而正文誤者，如卷二十《帝禹廟碑》，目錄署『鄧文原』，正文誤作『鄧文源』，卷三十四《元學士文藁序》，目錄不誤，正文誤作『元學文藁序序』）。卷端刻王理、陳旅序，書末刻王守誠跋。正文部分，其比西湖書院本多出《考亭書院記》《高昌偰氏家傳》（此二文可能並非來自蘇天爵原編，而是後來書坊增入者），比翠巖精舍本多出《經世大典序錄》『軍制』以下諸文。[二九]與現存他本相比，脩德堂本雖不能說篇目最全，但已可算是闕文較少者（僅缺西湖書院本後印本卷端所載公文和獨見於翠巖精舍本後印本的《建陽縣江源復一堂記》）。[三〇]

我們影印古籍，一直提倡在重視版本的基礎上，應同時考慮其在學術史上的影響。《中國古籍善本書目》著録脩德堂本四種，其中三種有清人校跋，足見其所受關注之切。特别是錢泰吉以脩德堂本爲底本，對校元西湖書院本和翠巖精舍本，並作跋語四則，其校記、跋語至今仍是研究《元文類》必須參考的重要資料，則脩德堂本的文獻價值也就同樣不可磨滅了。

就實物版本而言，脩德堂本的字體屬於黄永年在《古籍版本學》中歸納的明萬曆以後興起的新型方體字，横平豎直，横細豎粗，雖不復古意，卻更趨規範。全書一千六百餘葉，方正整齊一以貫之，可謂晚明精刻，且此本卷端鈐『半哭半笑樓珍藏印』『關中于氏』等印，蓋係于右任舊藏早期印本，筆畫若新發於硎，尤爲難得。

縱觀《元文類》的存世諸本，現藏日本静嘉堂文庫的全書元刻元印的西湖書院本允稱白眉，但深柬高閣，見之匪易。普通讀者常接觸到的不外乎《中華再造善本》影印的中國國家圖書館藏元西湖書院刻明修本、文淵閣《四庫全書》本和《四部叢刊初編》本。國圖藏本字多漫漶，間有抄配。《四部叢刊》描潤底本，可靠性存疑。文淵閣《四庫全書》本傳抄不免疏忽，間有隨意改竄文字者，如卷二十六虞集《句容郡王世績碑》，西湖書院本、脩德堂本皆作『脫脫木懼而引去』，《四庫全書》本脫『而』字，西湖書院本、脩德堂本皆作『窮晝夜之力渡禿兀剌河』，[三一]《四庫全書》本『力』下衍『捷』字。更大的問題是《四庫全書》本循清廷旨意重譯人名地名，導致內容面目全非，仍以《句容郡王世績碑》爲例，西湖書院本『謹按欽察之先，武平北折連川，按答罕山部族也。後遷西北，即玉黎北里之山居焉。土風剛悍，其人勇而善戰。自曲年者乃號其國人曰欽察，爲之主而統之。曲年生唆末納，唆末納生亦訥思。太祖皇帝征蔑乞思火都。火都奔亦訥思。遣使諭取之，弗從。及我師西征，亦訥思老，不能理其國。歲丁酉，亦訥思之子忽魯速蠻自歸於太宗』（脩德堂本同），《四庫全書》本改譯作『謹按欽察之先，武平北折連川，安塔哈山部族也。後遷西北即伊埒巴爾之山居焉。土風剛悍，其人勇而善戰，自奇琳者乃號其國人曰欽察，爲之主而統之。奇琳生實木南，實木南生伊訥克實。太祖皇帝征默爾奇斯呼圖克。呼圖克奔伊訥克實。遣使諭取之，弗從。及我師西征，伊訥克實老，不能理其國。歲丁酉，伊訥克實之子和拉蘇默自歸於太宗。』[三二]大改舊文，幾難卒讀。此外，《四庫全書》本的作者名、篇目亦不盡可信，如卷十七《賀親祀太廟表》，作者當爲虞集，而《四庫全書》本誤作鄧文原，又如卷三十末，《四庫全書》本獨增虞集《德符堂記》，而《元文類》其他版本皆無此篇。雖然我們不能武斷地據此全盤否定《四庫全書》的文獻價值，但至少在使用其中的《元文類》時應該謹慎視之。相較而言，這部于右任舊藏的脩德堂本體例整齊、內容完整、淵源有自且刻印精美，不僅在研究《元文類》版本時應予重視，也適合置於案頭日常研讀，今取以付梓，並據日本內閣文庫藏脩德堂本補齊底本原闕的內封、序文等少量葉面，庶便學界參考。本書是《四部要籍選刊》斷代總集類的第一種，儘管搜訪分析，頗費心力，恐怕仍不免疏漏，敬請廣大讀者批評指正。

二〇二四年十一月一日　毛海明、蔣鵬翔撰於湖南大學嶽麓書院

注

*本文是國家社科基金一般項目『中日漢籍交流視域下的《古逸叢書》研究』（項目批准號：20BTQ040）階段性成果。

［一］趙汸：《滋溪文稿序》，蘇天爵著，陳高華等點校：《滋溪文稿》卷首，中華書局，1997年，第1頁。

［二］《元史》卷183《蘇天爵傳》，中華書局，1976年，第4224—4227頁。

［三］歐陽玄：《元朝名臣事略序》，蘇天爵編，姚景安點校：《元朝名臣事略》前附，中華書局，1996年，第2頁。王理：《國朝文類序》，《國朝文類》前附。

［四］《元史》卷183《蘇天爵傳》，第4226—4227頁。蘇天爵：《滋溪文稿》卷28《題

馬氏家藏宋名公尺牘後》，第476頁。

［五］參見姚景安：《前言》，《元朝名臣事略》前附，第5頁；陳高華、孟繁清：《前言》，《滋溪文稿》前附，第11—18頁。

［六］王理：《國朝文類序》，《國朝文類》前附。

［七］《聖旨》；陳旅：《國朝文類序》，《國朝文類》前附。

［八］王理：《國朝文類序》，《國朝文類》前附。《文淵閣四庫全書》本書前提要。

［九］《聖旨》；陳旅：《國朝文類序》，《國朝文類》前附。

［十］永瑢等：《四庫全書總目》卷188《元文類》提要，中華書局，1965年，第1709頁。

［十一］葉盛：《水東日記》卷25《蘇天爵元文類》，中華書局，1980年，第248頁。

［十二］白壽彝：《中國通史》第8卷，上海人民出版社，2013年，第1380頁

［十三］《聖旨》，《國朝文類》前附。

［十四］參見魏亦樂：《〈國朝文類〉元明刻本新探》，《文史》2023年第2期，第129頁。

［十五］參見徐隆垚：《〈元文類〉之四庫提要發覆》，《中國典籍與文化》2019年第2期，

第 81 頁；魏亦樂：《〈國朝文類〉元明刻本新探》，第 126—132 頁。

［十六］參見魏亦樂：《〈國朝文類〉元明诸版本杂考》，《元史論叢》第 14 輯，天津古籍出版社，2014 年，第 340 頁。

［十七］莫友芝撰、傅增湘訂補《藏園訂補郘亭知見傳本書目》，中華書局，2009 年，第 1544 頁。

［十八］王紹曾、崔國光等整理《訂補海源閣書目五種》（上），齊魯書社，2002 年，第 318 至 319 頁。

［十九］鄧邦述撰、金曉東整理《寒瘦山房鬻存善本書目》，上海古籍出版社，2014 年，第 286 頁。

［二十］後至元二年（1336）歲末，翰林院國史院待制謝瑞等人進呈《國朝文類》稿本於翰林國史院，請求於江南學校刊板印行。翰林國史院行文轉呈禮部，禮部議准後呈報中書省。中書省批准後再下達給江浙行省轉浙西肅政廉訪司。最後由浙西廉訪司交由西湖書院刻印。參見《國朝文類》元刻西湖書院本後印本卷端所附公文。

[二一] 參見郭立暄《中國古籍原刻翻刻與初印後印研究》，中西書局，2015年。

[二二] 參見魏亦樂《〈國朝文類〉元明諸版本雜考》《〈國朝文類〉元明刻本新探》。

[二三] 參見魏亦樂：《〈國朝文類〉元明刻本新探》，第147頁；郭立暄：《印本視角與目錄之改進》，《文獻》2023年第6期，第105頁。

[二四] 錢泰吉《甘泉鄉人稿》卷三《跋校本〈元文類〉》，《續修四庫全書》第1519冊第278頁。

[二五] 莫友芝撰、傅增湘訂補《藏園訂補郘亭知見傳本書目》第1544頁。

[二六] 錢泰吉《跋校本〈元文類〉》，《續修四庫全書》第1519冊第278頁。

[二七] 錢校謂龏字，脩德堂本與『翠巖本同，西湖本漫漶』。按中國國家圖書館藏西湖書院刻明修本此字亦漫漶不可辨識，《四部叢刊》影印本則直接挖去此字留白，但臺灣圖書館藏西湖書院刻明成化九年遞修本此字尚清晰，左上角豎畫出頭，應與《說文》所云㡀旁吻合，但少一撇而已，則錢氏質疑不為無據。

[二八] 錢泰吉《跋校本〈元文類〉》語。

［二九］參見徐隆垚《〈元文類〉之四庫提要發覆》、魏亦樂《〈國朝文類〉元明刻本新探》相關統計。

［三〇］按文淵閣《四庫全書》本《國朝文類》卷三十又載虞集《德符堂記》，此記不僅不見於脩德堂本，亦不見於兩種元槧和明晉藩本，似爲更晚竄入者，故不應視爲脩德堂本的闕文。

［三一］虞集《雍虞先生道園類稿》（明翻元至正五年撫州路儒學刊本）卷三十八作『秃剌河』，少『兀』字。

［三二］文淵閣《四庫全書》本《元文類》中，此類大量重譯人名地名的文字的字體及尺寸往往與上下文明顯有異，似乎重譯部分與其他部分由不同的寫手抄成。

全書目録

第一册

王理序……一
陳旅序……七
元文類目録……一

卷一

賦

瑟賦　熊朋來……一一五
烏木杖賦　姚燧……一二二
求志賦　袁裒……一二六
畫枯木賦　虞集……一三四
傷己賦　馬祖常……一三五
感志賦　李好文……一三六

騷

白雲辭　劉因……一四〇
悠然閣辭　袁桷……一四一
垂綸亭辭　袁桷……一四二
雲山辭　王士熙……一四三

卷二

樂章

郊祀樂章……一四五
太廟樂章……一五一

社稷樂章……一六〇
先農樂章……一六四
釋奠樂章……一六九

四言詩

致樂堂詩　虞集……一七二
萬戶張公廟堂詩　虞集……一七三

卷三

五言古詩

箕山　元好問……一七九
古意　劉祁……一八〇
懷長源　劉祁……一八〇
送雷伯威　劉祁……一八一
觀主人植槐　李冶……一八二
南山有高樹　林景熙……一八二
僊臺　劉因……一八三
黃金臺　劉因……一八三
馮瀛王吟詩臺　劉因……一八四
西山　劉因……一八五
晨起書事　劉因……一八六
種松　劉因……一八七
翟節婦詩　劉因……一八七
寄蕭徵君惟斗　盧摯……一八九
姚嗣輝南楷堂　姚燧……一九〇
蔚州元氏怡齋　苟宗道……一九一
古風　趙孟頫……一九二
逸民詩　趙孟頫……一九六

有所思　趙孟頫……二〇〇
雜詩　趙孟頫……二〇一
知非堂夜坐　何中……二〇一
擬古次韻　安熙……二〇二
榆林對月　虞集……二〇五
月出古城東　虞集……二〇五
寄題周氏水木清華亭　虞集……二〇六
趙千里出峽圖　虞集……二〇六
出直次韻　虞集……二〇六
夜直賦得金鴨燒香　虞集……二〇七
寄題新治亭　虞集……二〇七
滋溪書堂爲蘇伯修賦　虞集……二〇七
讀伯庸學士止酒詩　貢奎……二〇八
泗濵堂爲葢善長賦　王結……二〇九
書上都學宮齋壁　馬祖常……二〇九
節婦王氏　范梈……二一〇
范墳詩　孛朮魯翀……二一一
大明宮早朝　胡寛……二一四

卷四

樂府歌行

湘夫人詠　元好問……二一五
西樓曲　元好問……二一五
征人怨　元好問……二一六
塞上曲　元好問……二一七
梁園春　元好問……二一七
征夫詞　劉祁……二一七

征婦詞　劉祁……二一八
留春曲　杜瑛……二一九
楊白花　李冶……二二〇
空村謠　楊弘道……二二〇
羽林行　楊果……二二一
金谷行　楊奐……二二二
桃源行　劉因……二二三
明妃曲　劉因……二二四
塞翁行　劉因……二二五
武當野老歌　劉因……二二六
燕歌行　劉因……二二七
白鴈行　劉因……二二七
義俠行　王惲……二二八
田家謠　魏初……二三一
懸瓠城歌　李材……二三二
水荒子歌　鮮于樞……二三四
湖上曲　鮮于樞……二三五
烈婦行　趙孟頫……二三五
沉沉行　虞集……二三七
車簇簇行　馬祖常……二三七
竹枝歌　馬祖常……二三八
玉環引　王士熙……二三八
早朝行　王士熙……二三九
畫馬歌　范梈……二四〇
蘇小小歌　辛文房……二四〇
李宮人琵琶引　揭傒斯……二四一

舶上謡　宋本……二四二

卷五

七言古詩

鄧州城樓　元好問……二四五
吊故宫　杜瑛……二四五
巨源相過話舊有感　王磐……二四六
有懷粱仲經父　楊奐……二四八
金太子允恭墨竹　劉因……二四八
金太子允恭唐人馬　劉因……二四九
陳氏莊　劉因……二五〇
渡白溝　劉因……二五一
宋徽宗賜周準人馬圖　劉因……二五三
宋理宗書宫扇　劉因……二五三
登金荊軻山　劉因……二五四
幼安濯足圖　劉因……二五五
歸去來圖　劉因……二五六
淵明歸來圖　盧摯……二五七
淵明歸來圖　尚野……二五七
過黄陵廟　李材……二五八
金人出塞圖　虞集……二五九
董元夏景山口待渡圖　虞集……二六一
送孟修兄南歸　虞集……二六一
寄鄉友　馬祖常……二六二
送蘇公赴嶺北行省郎中　王士熙……二六三
萬竹亭　范椁……二六四
滋溪書堂　謝端……二六五

雜言

觀雷溪　劉因……二六六
游郎山　劉因……二六七
岳陽樓　張經……二六九
題丁氏松澗圖　鄧文原……二七一
離京　李泂……二七二
先天觀　范梈……二七四

雜體

安南清明集句　陳孚……二七五
遠遊聯句　袁裒……二七八

第二册

卷六

五言律詩

春思　張澄……二八三
觀物　許衡……二八三
趙氏南莊　許衡……二八四
晚上易臺　劉因……二八四
登武陽　劉因……二八四
雜詩　劉因……二八五
過奉先　劉因……二八七
齋居雜言　何榮祖……二八七
寄暢純父治中　姚燧……二八八
輿病高崖道中作　姚燧……二八八

舟達黄溪　姚燧……二八八
發舟青神縣　姚燧……二八九
感事　姚燧……二八九
次韻書事　安熙……二八九
病中齋居雜詩　安熙……二九〇
進詩一首　李孟……二九〇
岳陽樓待渡　高思恭……二九〇
泊舟湘岸　李材……二九一
遊山寺　李材……二九一
送蘇子寧赴嶺北行省郎中　袁桷……二九一
名酒　虞集……二九二
題秋山圖　虞集……二九二
送國王朶而只之遼東　虞集……二九三
朝迴即事　虞集……二九四
石田山居　馬祖常……二九四
郎中蘇公哀挽　馬祖常……二九七
癸酉除夕　劉汶……二九七
早春述懷　劉汶……二九八

七言律詩

杏花落後分韻得歸字　元好問……二九八
長安感懷　楊奐……二九九
洛陽懷古　楊果……二九九
南京遇山樓　劉祁……三〇〇
戊辰冬赴試西京　王革……三〇〇
題劉京叔歸潛堂　薛玄……三〇〇
秋思　杜瑛……三〇一

和家弟誠之詩韻　段克己……三〇一
雨後漫成　段成己……三〇二
七月望日思親　許衡……三〇二
燕城書事　魏璠……三〇三
送魯齋先生南歸　張易……三〇三
聞家大參南歸　林景熙……三〇四
挽文丞相　徐世隆……三〇四
次范藥莊韻　宋衜……三〇四
過鄉縣西方古故居　劉因……三〇五
晚眺　劉因……三〇六
易臺　劉因……三〇七
望易京　劉因……三〇七
海南鳥　劉因……三〇八
朝回再次楊司業韻　吴徵……三〇八
伐祀南嶽登祝融峯　趙世延……三〇九
駕畋柳林隨侍　陳益稷……三〇九
題許仲仁詩卷　程鉅夫……三一〇
岳陽樓　梁曾……三一〇
題麻姑壇　郝天挺……三一〇
都門春日　李材……三一一
禁城秋夕　李材……三一一
元日賀裴都事朝迴　李材……三一二
壽杜侍御　李材……三一二
和王御史春詩韻　李材……三一三
送省郎楊耀卿使雲南　李材……三一三
席上賦老松怪栢圖　李材……三一四

次韻答友見贈　安熙……三一四
留別都城諸公　李京……三一四

卷七

七言律詩

聞擣衣　趙孟頫……三一七
溪上　趙孟頫……三一七
道場山　趙孟頫……三一八
蛾眉亭　趙孟頫……三一八
多景樓　趙孟頫……三一九
雨華臺　趙孟頫……三一九
過岳王墓　趙孟頫……三二〇
錢唐懷古　趙孟頫……三二〇
海子即事　趙孟頫……三二一
弁山佑聖宮次孟君復韻　趙孟頫……三二一
城南山堂　趙孟頫……三二一
春日言懷　趙孟頫……三二二
紀舊游　趙孟頫……三二二
東陽八景樓　趙孟頫……三二三
贈周景遠田師孟　趙孟頫……三二三
金陵懷古　趙孟頫……三二四
和周待制朝迴詩韻　袁桷……三二四
無題次伯庸韻　袁桷……三二五
奉題延祐宸翰　鄧文原……三二六
題小薛王畫鹿　鄧文原……三二七
陪高彥敬游南山　鄧文原……三二八
郎中蘇公哀挽　鄧文原……三二八

司業禮公哀輓　貢奎……三二九
內翰哀挽　張養浩……三二九
送袁待制扈從上京　虞集……三三〇
朝迴和周待制韻　虞集……三三〇
送朱生南歸　虞集……三三〇
題南野亭　虞集……三三一
歸蜀　虞集……三三一
自仁壽迴成都　虞集……三三二
謝周南翁　虞集……三三二
送李通甫赴湖南行省都事　虞集……三三三
御溝詩次宋顯夫韻　虞集……三三三
試院書事　馬祖常……三三四
題光山縣孔宰豳風亭　馬祖常……三三四
送宋顯夫南歸　馬祖常……三三五
駕發　馬祖常……三三五
送袁德平歸越　王士熙……三三六
送王在中代祀秦蜀山川　王士熙……三三六
題郭忠恕九成宮圖　王士熙……三三六
驪山宮圖　王士熙……三三七
題鮮于伯幾與仇廉訪帖　王士熙……三三七
寄上都分省僚友　王士熙……三三八
題節婦　王士熙……三三九
上京次伯庸學士韻　王士熙……三三九
大都雜詩　宋本……三四〇
姑蘇臺　劉致……三四一
綿竹縣治　楊靜……三四二

燕中懷古　李源道……三四二
宗陽宫翫月　楊載……三四二
擬去京師　楊載……三四三
貢袁諸公修史　楊載……三四三
宿李陵臺　周應極……三四四
睢陽懷古　李鳳……三四四
周氏慈雲庵　揭傒斯……三四五

卷八

五言絶句

録汴梁宫人語　楊奂……三四七
酬昭君怨　楊奂……三五一
春日　劉因……三五一
石鼎聯句圖　劉因……三五二
螻蛄　劉因……三五二
薔薇　劉因……三五二
采薇圖　盧摯……三五二
題張尹書巢　吴澂……三五三
題江州庾樓　賀復孫……三五三
錢選宫人圖　安熙……三五三
市莊　王結……三五三
節婦黄氏　馬祖常……三五五
過李陵臺　馬祖常……三五五

七言絶句

讀汝南遺事　楊奂……三五六
明皇擊梧圖　李俊民……三五六
過陳司諫墓　劉祁……三五七

瀟湘夜雨　李冶……三五七
墨海棠　李冶……三五七
征南口號　杜瑛……三五八
春日雜詠　徒單公履……三五八
登北邙山　楊果……三五八
村居　楊果……三五九
峴山秋晚圖　楊果……三五九
太真教鸚鵡圖　馮謂……三六〇
覃懷春日　趙復……三六〇
春晴　劉辰翁……三六〇
春浦帆歸圖　孟攀鱗……三六一
杭州聞角　梁棟……三六一
有懷　劉秉忠……三六二
風雨圖　許衡……三六二
風雨迴舟　張孔孫……三六二
水仙花　商挺……三六三
書事　劉因……三六三
山寺早起　劉因……三六四
讀史評　劉因……三六五
山行　劉因……三六五
山家　劉因……三六五
寫真詩卷　劉因……三六六
己巳春往均州　宋衜……三六六
觀出獵　宋衜……三六六
壽陽梅粧圖　王思廉……三六七
昭君出塞圖　王思廉……三六七

汾亭古意圖　張礎……三六八
關山風雨圖　張礎……三六八
絶句四首　趙孟頫……三六八
錢選畫花　陳儼……三六九
題道院　高克恭……三七〇
無錫山中留題　高克恭……三七〇
即事　高克恭……三七一
過弋陽　高克恭……三七一
過信州　高克恭……三七一
過京口　高克恭……三七二
寄王總管　李昶……三七二
過故縣埧　李昶……三七二
杏花始開小酌　安熙……三七三
和郭安道治書韻　周馳……三七三
遼陽高節婦　王結……三七四
秋懷　曹元用……三七四
贈李祕監　張養浩……三七五
青山白雲圖　虞集……三七五
水芙蓉　虞集……三七五
木芙蓉　虞集……三七六
春雲　虞集……三七六
聽雨　虞集……三七七
庚午廷試次韻　虞集……三七七
曹將軍馬　虞集……三七八
寄家書　馬祖常……三七八
題柳道傳詩卷　馬祖常……三七八

宮詞　馬祖常……三七九
孟光舉案圖　王執謙……三八一
題甄氏訪山亭　陳觀……三八一
清明日遊太傅林亭　辛文房……三八二
玉簪　張淳……三八二
過郝參政墓　鮑仲華……三八三

卷九

詔赦

即位詔（庚申年四月）　王鶚……三八五
中統建元詔　王鶚……三八八
中統元年五月赦　王鶚……三八九
賜高麗國王曆日詔（中統五年正月）　王鶚……三九〇
至元改元赦（中統五年八月）　王鶚……三九一
建國號詔（至元八年十一月）　徒單公履……三九二
頒授時曆詔（至元十七年六月）　李謙……三九四
清冗職詔（至元二十三年七月）　李謙……三九五
加封五嶽四瀆四海詔（至元二十八年二月）　閻復……三九六
興師征江南諭行省官軍詔　王構……三九七
即位詔（至元三十一年四月）　王構……四〇〇
五鎮山加封詔（大德三年）　王構……四〇一

建儲詔（大德九年六月）　閻復……四〇二
即位詔（大德十一年五月）　閻復……四〇三
行銅錢詔（至大二年十月）　姚燧……四〇五
至大三年十月赦　姚燧……四〇五
即位詔（至大四年三月）　姚燧……四〇七
行科舉詔（皇慶二年十一月）
程鉅夫……四〇九
即位詔（延祐七年三月）　張士觀……四一〇
至治改元詔　元明善……四一一
命拜住爲右丞相詔（至治二年十
二月）　袁桷……四一二
諭安南國詔　曹元用……四一三
即位改元詔　虞集……四一四
即位詔（天曆二年八月十五日）
虞集……四一六
親祀南郊赦（至順元年十二月）
虞集……四一九
即位詔　虞集……四二〇

卷十

册文

皇后册文　王磐……四二三
皇太子册文　徒單公履……四二四
太祖皇帝加上尊號册文　王構……四二五
世祖皇帝謚册文　王構……四二七
皇太后册文　陳儼……四二九
睿宗皇帝加上謚册文　劉賡……四三一

順宗皇帝謚册文　程鉅夫……四三二
皇后册文　程鉅夫……四三四
皇帝尊號王册文　姚燧……四三五
皇太后尊號王册文　姚燧……四三八
皇太子册文　閻復……四四一
成宗皇帝謚册文　張士觀……四四二
仁宗皇帝謚册文　張士觀……四四三
英宗皇帝謚册文　袁桷……四四五
皇后册文　袁桷……四四六
明宗皇帝謚册文　虞集……四四八

卷十一

制

加封孔子制（大德十一年九月）
閻復……四五一
加封孔子父母制（至順元年）
謝端……四五二
封宣聖夫人制　虞集……四五三
追封孟子父母制（延祐三年十月）
張士觀……四五四
追封伯夷叔齊制　閻復……四五五
封周子爲道國公制　霍希賢……四五六
楊庸教授三氏子孫制　楊果……四五七
許衡爲懷孟教官制　楊果……四五七
降封宋主爲瀛國公制　王磐……四五八
丞相史天澤贈謚制　劉元……四五九
太保劉秉忠贈謚制　李槃……四六一

左丞董文炳贈謚制　李槃……四六二
丞相伯顏贈謚制　閻復……四六四
丞相阿朮贈謚制　閻復……四六五
丞相綫真贈謚制　閻復……四六七
丞相和理霍孫贈謚制　閻復……四六九
翰林承旨王磐贈官制　王之綱……四七〇
左丞許衡贈官制　姚燧……四七一
元帥烏野而封謚制　姚燧……四七四
元帥紐鄰贈謚制　姚燧……四七五
丞相阿塔哈封謚制　姚燧……四七六
妻札剌而氏封王夫人制　姚燧……四七八
丞相塔制哈進封淇陽王制　姚燧……四八〇
妻啜思蠻公主封王夫人制　姚燧……四八二
耶律鈞贈官制　姚燧……四八三
高麗國王封曾祖父母父母制　姚燧……四八五

卷十二

制

高麗國王封贈祖父母制　王構……四九一
趙與芮降封平原郡公制　王構……四九四
丞相阿里海牙贈謚制　王構……四九六
丞相答剌罕贈謚制　王構……四九八
平章史弼封鄂國公制　王構……五〇〇
翰林承旨姚樞贈謚制　王構……五〇二
翰林承旨姚燧父楨贈官制　王構……五〇四
留守段貞贈謚制　王構……五〇六
播州楊邦憲贈謚制　王構……五〇八

平章廉希憲贈謚制　元明善……五〇九
參政商挺贈謚制　元明善……五一一
樞密趙良弼贈謚制　元明善……五一二
平章董士選贈三代制　元明善……五一四
中丞于璋贈謚制　元明善……五一八
中丞崔彧贈謚制　張士觀……五一九
平章李庭贈謚制　張士觀……五二一
丞相卜憐吉台封河南王制　程鉅夫……五二三
高麗國王昛加恩制　張士觀……五二四
安南國王陳益稷加恩制　程鉅夫……五二五
平章張珪封蔡國公制　吴徵……五二七
許衡妻敬氏封魏國夫人制　鄧文原……五二八
丞相拜住贈謚制　袁桷……五二九
平章不忽木贈謚制　盧亘……五三一
思州田晃忽而不花封二代制
馬祖常……五三三
太史令王恂贈謚制　王士熙……五三六
御史觀音寶贈謚制　李端……五三七
丞相伯顔祖考封謚制　宋本……五三九
御史大夫相嘉碩利封謚制　謝端……五四〇

卷十三

奏議

時務五事（至元三年）　許衡……五四三
立國規摹一……五四四
中書大要二……五五一
爲君難三……五五五

農桑學校四……五七一
慎徽五……五七五
班師議　郝經……五七八

第三册

卷十四

奏議

立政議（中統元年八月上）　郝經……五八九
三本書（至元五年十月上）　陳祐……六〇二
論盧世榮姦邪狀　陳天祥……六二二

卷十五

奏議

諫幸五臺疏（元貞二年五月上）
李元禮……六三五
建白一十五事　馬祖常……六三八
建言五事　許約……六五三
太廟室次議　劉致……六六四
貞定玉華宫罷遣太常禮樂議
元永貞……六七〇

卷十六

表

東昌路賀平宋表　徐世隆……六七三
車駕班師賀表（中統元年九月爲
真定廉宣撫作）　李冶……六七五
賀平宋表　孟祺……六七六

進授時曆經曆議表　楊桓……六八〇
進實錄表　王惲……六八一
進三朝實錄表（皇慶元年十月進）
程鉅夫……六八五
翰林國史院陞從一品謝表　程鉅夫……六八六
謝賜禮物表　吳澂……六八七
進實錄表（至治三年二月進）　袁桷……六九〇
賀登極表　虞集……六九一
經筵官進職謝恩表　虞集……六九二
進實錄表（至順元年五月進）　謝端……六九五
進經世大典表（至順三年三月進）
歐陽玄……六九六

卷十七

表

賀正旦表　劉敏中……六九九
賀册后表　楊文郁……七〇〇
賀元旦表　姚登孫……七〇一
賀建儲表　姚登孫……七〇一
賀聖節表　李之紹……七〇二
賀聖節表　鄧文原……七〇三
賀正旦表　盧亘……七〇四
賀親祀太廟表（延祐七年）……七〇四
賀親祀太廟表（天曆元年）　虞集……七〇五
賀聖節表　虞集……七〇六
賀正旦表　虞集……七〇七

賀正旦表　宋本……七〇七
賀親祀南郊表（至順元年）　謝端……七〇八

牋

賀正旦牋　夾谷之奇……七〇九
賀千秋牋　楊文郁……七一〇
賀千秋牋　袁桷……七一一
賀正旦牋　虞集……七一二

箴

絅齋箴　鄧文原……七一二
慎獨箴　安熙……七一三

銘

簡儀銘　姚燧……七一四
仰儀銘　姚燧……七一五
漏刻鐘銘　姚燧……七一七
渾象銘　楊桓……七一八
玲瓏儀銘　楊桓……七一九
高表銘　楊桓……七二〇
太史院銘　楊桓……七二二
瓶城齋銘（爲淮東憲司知事凌德庸作）　閻復……七二九
王孝女旌門銘　劉因……七三〇
訥齋銘　吴澂……七三一
蘇氏藏書室銘　袁桷……七三一
虚室銘　虞集……七三二
奎章閣銘　虞集……七三二
知許州劉侯民愛銘　孛术魯翀……七三三

安氏尊經堂銘　孛术魯翀……七四二
儼思齋銘　楊剛中……七四四

卷十八

頌

賈侯修廟學頌　吴徵……七四五
青宫受寶頌　虞集……七五一
駐蹕頌　孛术魯翀……七五四
馮侯去思頌　顧文琛……七五九

贊

魯齋先生畫像贊　王磐……七六三
書畫像自警　劉因……七六四
王允中真贊　劉因……七六四
質齋贊　蕭𣂏……七六五
晦庵先生畫像贊　吴徵……七六六
臨川野老自贊　吴徵……七六七
李秦公畫像贊　程鉅夫……七六七
臨川吴先生畫像贊　虞集……七六八
西夏相斡公畫像贊　虞集……七六八
自贊畫像　虞集……七七一
大象圖贊　虞集……七七一
橐佗圖贊　虞集……七七二
靜修劉先生畫像贊　歐陽玄……七七三
默庵安先生畫像贊　歐陽玄……七七四
威如蘇先生畫像贊　歐陽玄……七七四
郎中蘇公畫像贊　歐陽玄……七七五
潘雲谷墨贊　李泂……七七五

李節婦馮靜君贊　王士熙……七七六
卷十九
碑文
國子學先師廟碑　程鉅夫……七七七
曲阜孔子廟碑　閻復……七八二
襄陽廟學碑　姚燧……七八九
大興府學孔子廟碑　馬祖常……七九七
光州孔子新廟碑　馬祖常……八〇三
真定路先聖廟碑　孛术魯翀……八〇八
卷二十
碑文
帝禹廟碑　鄧文原……八一五
漢番君廟碑　元明善……八二一
侯府君夫人李氏祠堂碑　郭松年……八二四
光州固始縣南嶽廟碑　馬祖常……八三〇
漢濟南伏生祠堂碑　張起巖……八三四
卷二十一
碑文
中書左丞李公家廟碑　姚燧……八三九
元帥張獻武王廟碑　虞集……八五二
第四册
卷二十二
碑文
長春宮碑銘　姚燧……八八一

延釐寺碑　姚燧……八九一
崇恩福元寺碑　姚燧……八九八
普慶寺碑　姚燧……九〇四
應昌府報恩寺碑　程鉅夫……九一一
上都華嚴寺碑　袁桷……九一五
龍翔集慶寺碑　虞集……九二〇

卷二十三

碑文

平雲南碑　程鉅夫……九二七
太師廣平貞憲王碑　閻復……九三三
太師淇陽忠武王碑　元明善……九四四
駙馬高唐忠獻王碑　閻復……九六六

卷二十四

碑文

丞相東平忠憲王碑　元明善……九七九
丞相淮安忠武王碑　元明善……九九九

卷二十五

碑文

丞相順德忠獻王碑　劉敏中……一〇一七
駙馬昌王世德碑　張士觀……一〇三六
曹南王世德碑　虞集……一〇四三

卷二十六

碑文

高昌王世勳碑　虞集……一〇六一
句容郡王世績碑　虞集……一〇七三

太師太平王定策元勳之碑　馬祖常……一〇九八

卷二十七

記

崔府君廟記　元好問……一一一一
汴故宮記　楊奐……一一一五
鄆國夫人殿記　楊奐……一一二〇
游龍山記　麻革……一一二三
餘干州學記　李謹思……一一三〇
平蠻記　陽恪……一一三五
平江路學祭器記　李淦……一一四〇
淮陰侯廟記　楊先韓……一一四一
舍奠禮器　鄭陶孫……一一四七

第五册

卷二十八

記

櫝著記　劉因……一一五七
高林孔子廟記　劉因……一一六八
退齋記　劉因……一一七〇
鶴庵　劉因……一一七五
麟齋記　劉因……一一七八
汴梁廟學記　姚燧……一一八〇
澧州廟學記　姚燧……一一九二
千戶所廳壁記　姚燧……一一九七
江漢堂記　姚燧……一二〇二

遐觀堂記　姚燧……一二〇七

卷二十九

記

凝道山房記　吴澂……一二一三
檥槎亭記　元明善……一二一七
順州儀門記　元明善……一二二〇
武昌路學記　元明善……一二二三
虚室記　元明善……一二二八
萬竹亭記　元明善……一二三二
濟南龍洞山記　張養浩……一二三五
邵庵記　袁桷……一二三九
董子祠堂記　曹元用……一二四一
考亭書院記　熊禾……一二四五

卷三十

記

克復堂記　虞集……一二五七
誠存堂記　虞集……一二六〇
思學齋記　虞集……一二六二
舒城縣學明倫堂記　虞集……一二六七
孝思亭記　虞集……一二七二
魏宋兩文貞公祠堂記　虞集……一二七五
尊經堂記　虞集……一二七九
西山書院記　虞集……一二八三
鶴山書院記　虞集……一二八六
張氏新塋記　虞集……一二九三
御史臺記　虞集……一二九八

卷三十一

記

石田山房記　馬祖常……一三〇五
小圃記　馬祖常……一三〇七
上都分院記　馬祖常……一三〇八
績溪縣尹張公舊政記　宋本……一三一〇
水木清華亭記　宋本……一三一八
湖南安撫使李公祠堂記　宋本……一三二三
都水監事記　宋本……一三二九
滋溪書堂記　宋本……一三三六
臨高縣龍壇記　范梈……一三四一
懷友軒記　杜本……一三四四
安先生祠堂記　歐陽玄……一三四八
趙忠簡公祠堂記　歐陽玄……一三五一

卷三十二

序

傷寒會要序　元好問……一三五五
正統八例總序　楊奐……一三六二
測圓海鏡序　李冶……一三七二
大定治績序　王磐……一三七五
楊紫陽文集序　趙復……一三七六
通鑑前編序　金履祥……一三八一
新註資治通鑑序　胡三省……一三八三
文獻通考序　馬端臨……一三九三
六書故序　戴侗……一四〇一
釋奠儀注序　張顏……一四〇三

卷三十三

序

莊周夢蝶圖序　劉因……一四〇九
續後漢書序　郝經……一四一三
胡氏律論序　熊朋來……一四一六
鍾鼎篆韻序　熊朋來……一四二三
授時曆轉神注式序　楊桓……一四三〇
送進士梁彥中序　姚登孫……一四三三
送喻秀才序　何中……一四三七
南唐書序　趙世延……一四四一

第六册

卷三十四

序

國統離合表序　姚燧……一四四五
序江漢先生死生　姚燧……一四五〇
送宰先生序　姚燧……一四五四
送雷季正序　姚燧……一四五六
送暢純甫序　姚燧……一四五八
送李茂卿序　姚燧……一四六三
送姚嗣輝序　姚燧……一四六六
李平章畫像序　姚燧……一四七〇
序牡丹　姚燧……一四七三
春秋諸國統紀序　吴澂……一四七九

服制考詳序　吴澂……一四八二
陸象山語録序　吴澂……一四八六
元學士文藁序　吴澂……一四八八
別趙子昂序　吴澂……一四九〇
送盧廉使還朝爲翰林學士序　吴澂……一四九四
送何太虚北遊序　吴澂……一四九六

卷三十五

序

吴幼清先生南歸序　元明善……一五〇三
送馬翰林南歸序　元明善……一五〇六
雲南志略序　虞集……一五〇九
杜詩纂例序　虞集……一五一二
南昌劉應文文藁敘　虞集……一五一六
安先生文集序　虞集……一五二〇
汪氏勳德録序　虞集……一五二四
羅氏族譜序　虞集……一五二七
蔡孝子詩序　虞集……一五三〇
兩尹先生慶九十壽詩序　虞集……一五三三
送李擴序　虞集……一五三六
送彰德路經歷韓君敘　虞集……一五四三
送冷敬先序　虞集……一五四七

卷三十六

序

農桑輯要序　蔡文淵……一五五一
送王編修代祀秦蜀山川序

曹元用……一五五四
風憲宏綱序　馬祖常……一五五六
臥雪齋文集序　馬祖常……一五五七
周剛善文藁序　馬祖常……一五五九
送簡管勾序　馬祖常……一五六〇
大元通制序　孛术魯翀……一五六二
送楊仲禮序　王士熙……一五六五
文丞相傳序　許有壬……一五六七
唐律疏義序　柳貫……一五七〇
孔氏譜序　揭傒斯……一五七四
國朝名臣事略序　歐陽玄……一五七七
補正水經序　歐陽玄……一五七九
忠史序　歐陽玄……一五八三
送曲阜廟學管勾簡君序　歐陽玄……一五八六
送張文琰序　謝端……一五八九
太常集禮稾序　李好文……一五九二

卷三十七

書

上耶律中書書　元好問……一五九七
與姚公茂書　楊奐……一六〇二
與竇先生書　許衡……一六〇六
答耶律惟重書　許衡……一六一〇
與楊元甫論梁寬甫病證書　許衡……一六一二
上宰相書　劉因……一六一五
與襄陽呂安撫書　宋衜……一六一九
與姚江村先生書　盧摯……一六二二

答董中丞書　吴澂……一六二六
上許魯齋先生書　王旭……一六三一
與烏叔備書　安熙……一六三六

卷三十八

説

唯諾説　劉因……一六四一
權説　何榮祖……一六四二
無極而太極説　吴澂……一六四四
致慤亭説　吴澂……一六四八
李侯諸子名字説　虞集……一六五一
蘇君字説　虞槃……一六五四

題跋

跋金國名公書　元好問……一六五八
跋趙太常擬試賦藁後　楊奂……一六五九
題中州詩集後　家鉉翁……一六六一
跋崔清獻公洪忠文公帖　牟巘……一六六四
書張侯言行録後　徒單公履……一六六五
記太極圖後　劉因……一六六七
跋懷素藏貞律公二帖後　劉因……一六七一
題党懷英八分書　胡祗遹……一六七三

卷三十九

題跋

書李伯時九歌圖後　吴澂……一六七五
書貢仲章文稟後　吴澂……一六八一
書邢氏賢行　吴澂……一六八二
跋盧龍趙氏族譜後　元明善……一六八四

題書學纂要後　袁裒……一六八五
跋歐書皇甫誕碑本　袁桷……一六八八
書堂邑張令去思碑後　虞集……一六八九
書王贊善家傳後　虞集……一六九二
書玄玄贅藁後　虞集……一六九五
書王貞言事　虞集……一六九八
書經筵奏議藁後　虞集……一七〇一
題吳傳朋書及李唐山水　虞集……一七〇五
跋蘇氏家藏雜帖　宋本……一七〇七
題郎中蘇公墓志銘後　柳貫……一七〇九

卷四十

雜著

經世大典序錄一……一七一五
事君……一七二〇
治典……一七二七
賦典……一七四二

第七冊

卷四十一

雜著

經世大典序錄二……一七六九
禮典……一七六九
政典……一七九五

卷四十二

雜著

經世大典序錄三……一九二九
憲典……一九二九
工典……一九五二

卷四十三

雜著

四經序錄　吳澂……一九六九
易……一九六九
書……一九七二
詩……一九七九
春秋……一九八二
三禮敘錄　吳澂……一九八五
儀禮……一九八五
周官……一九九四
小戴記……一九九五
大戴記……一九九九
春秋諸國統紀序錄　齊履謙……二〇〇一

卷四十四

雜著

讀易私言　許衡……二〇二五
東西周辨　吳澂……二〇四八
改月數議　張敷言……二〇五五

第八册

卷四十五

雜著

故物著　元好問……二〇六三
辯遼宋金正統　脩端……二〇六七
讀藥書漫記　劉因……二〇七八
七觀　袁桷……二〇八〇
工獄　宋本……二〇九四

卷四十六

策問

國學私試策問　姚登孫……二一〇一
私試策問　吳澂……二一〇八
廷試策問　元明善……二一一八
擬會試策問　曹元用……二一一九
廷試策問　袁桷……二一二二
會試策問　袁桷……二一二四
廷試策問　袁桷……二一二六
會試策問　虞集……二一二八
會試策問　虞集……二一三〇
廷試策問　虞集……二一三二
廷試策問　虞集……二一三四

卷四十七

策問

會試策問　馬祖常……二一三七
廷試策問　王士熙……二一三八

大都鄉試策問　孛术魯翀……二一四〇
鄉試策問　宋本……二一四三
鄉試策問　歐陽玄……二一四四
會試策問　歐陽玄……二一四六
鄉試策問　黄溍……二一四八

啓

謝嚴東平賜馬啓　康曄……二一四九
謝解啓　閻復……二一五〇

上梁文

廣寒殿上梁文　徐世隆……二一五五
太廟上梁文　王磐……二一五八
東宫正殿上梁文　盧摯……二一六一
尚書省上梁文　閻復……二一六四
九先生祠上梁文　薛友諒……二一六七
太次殿上梁文　宋本……二一七〇

卷四十八

祝文

江南平告太廟祝文　王磐……二一七五
太廟火災告祭祝文　閻復……二一七六
得玉璽奏告太廟祝文　王構……二一七七
加謚祖宗告祀南郊祝文　姚燧……二一七八
己卯春釋菜先聖文　劉因……二一八〇
告峨山龍湫文　劉因……二一八一
封龍書院釋菜先聖文　安熙……二一八四

祭文

祭海神文　虞集……二一八五

祭伍子胥文　虞集……………………二一八六
祭國信使王宣撫文　楊奐……………二一八六
祭太保劉公文　徐世隆………………二一八九
祭硯司業先生文　滕安上……………二一九三
祭魯齋先生文　呂端善………………二一九四
魯齋先生陞從祀祭文　許約…………二一九六
祭康先生文　王思廉…………………二二〇〇
祭徐承旨文　李之紹…………………二二〇一
祭袁學士文　虞集……………………二二〇二

哀辭

平章政事廉公哀辭　李元禮…………二二〇四
林處士哀辭　袁桷……………………二二〇六
丁文苑哀辭　許有壬…………………二二〇九

謚議

何忠肅公謚議　虞集…………………二二一六
陳文靖公謚議　虞集…………………二二一八
姚文公謚議　柳貫……………………二二二〇
蕭貞敏公謚議　劉致…………………二二二三

卷四十九

行狀

中書左丞李忠宣公行狀　姚燧………二二三七
翰林學士承旨董公行狀　虞集………二二四七

卷五十

行狀

知太史院事郭公行狀　齊履謙………二二七一
濟南路大都督張公行狀　張起巖……二二九九

卷五十一

墓誌

故金漆水郡侯耶律公墓志銘
元好問……二三一五
雷希顔墓誌銘　元好問……二三一九
孫伯英墓誌銘　元好問……二三二八
聶孝女墓誌銘　元好問……二三三一
南京轉運司支度判官楊公墓志銘
許衡……二三三四
易州太守郭君墓誌銘　劉因……二三三八
新安王生墓誌銘　劉因……二三四一
湖南宣慰使趙公墓志銘　盧摯……二三四二
監察御史蕭君墓誌銘　程鉅夫……二三五一
翰林學士趙公墓志銘　閻復……二三五七

第九册

卷五十二

墓誌

南京路總管張公墓誌銘　姚燧……二三六三
唐州知州楊公墓誌銘　姚燧……二三七五
瀏陽縣尉閻君墓誌銘　姚燧……二三八一
薊州甲局提舉劉府君墓誌銘
姚燧……二三八六
廣州懷集令劉君墓誌銘　姚燧……二三九〇
故民鍾五六君墓誌銘　姚燧……二三九四

彭澤縣尹姚君墓誌銘　吳澂……二三九六
熊君佐墓誌銘　吳澂……二三九九
袁君夫人史氏墓誌銘　元明善……二四〇二
翰林承旨王公墓誌銘　袁桷……二四〇八

卷五十三

墓誌

上都留守賀公墓誌銘　虞集……二四一五
平章政事張公墓誌銘　虞集……二四三二

卷五十四

墓誌

嶺北行省郎中蘇公墓誌銘　虞集……二四六一
熊先生墓誌銘　虞集……二四七三
牟先生墓誌銘　虞集……二四八〇
故贈瑞安知州王公墓誌銘　虞集……二四八七
周母李氏墓誌銘　虞集……二四九〇
爲美縣尹王君墓誌銘　李源道……二四九二
安定郡夫人王氏墓誌銘　馬祖常……二四九六
桂陽縣尹范君墓誌銘　揭傒斯……二五〇一
曾秀才墓誌銘　歐陽玄……二五〇五

卷五十五

墓誌

國子司業滕君墓碣銘　姚燧……二五〇九
河南道勸農副使白公墓碣銘　姚燧……二五一五
河內李氏先德碣銘　姚燧……二五二二
故提刑趙公夫人楊君新阡碣銘

姚燧……二五二五
故金甄官署令魏府君墓碣銘
姚燧……二五三一
翰林脩撰致仕董先生墓碣銘
元明善……二五三七
監察御史韓君墓碣銘　張養浩……二五四〇
吏部員外郎鄭君墓碣銘　虞集……二五四三
國子助教李先生墓碣銘　虞集……二五四七
征行百戶劉君墓碣銘　馬祖常……二五五三
監黃池稅務王君墓碣銘　馬祖常……二五五七
處士甄君墓碣銘　宋本……二五六五

卷五十六

墓表

錦峰王先生墓表　楊奐……二五六七
卓行劉先生墓表　王惲……二五六九
孝子田君墓表　劉因……二五七三
故宋兵部侍郎徐公墓表　徐琰……二五七九
故宋勇勝軍統制官詹侯墓表
吳澂……二五八四
元氏清河新阡表　元明善……二五九一
蘇府君墓表　鄧文原……二五九四
安先生墓表　袁桷……二六〇〇
王伯益墓表　虞集……二六〇四
稷山段氏阡表　虞集……二六一〇

張進中墓表　王士熙……………二六一四
真定張君墓表　宋本……………二六一八

卷五十七

神道碑

故金尚書右丞耶律公神道碑
元好問……………………二六二三
中書令耶律公神道碑　宋子貞……二六四一

第十册

卷五十八

神道碑

中書右丞相史公神道碑　王磐……二六七三
中書左丞張公神道碑　李謙………二六九〇
翰林侍讀學士郝公神道碑　盧摯…二七〇四

卷五十九

神道碑

湖廣行省左丞相神道碑　姚燧……二七一五
平章政事忙兀公神道碑　姚燧……二七三六
平章政事徐國公神道碑　姚燧……二七五六

卷六十

神道碑

領太史院事楊公神道碑　姚燧……二七六七
中書左丞姚文獻公神道碑　姚燧…二七八三

卷六十一
神道碑
參知政事賈公神道碑　姚燧……二八二一
僉書樞密院事董公神道碑　姚燧…二八三七
卷六十二
神道碑
平章政事史公神道碑　姚燧……二八五三
便宜副總帥汪公神道碑　姚燧……二八七〇
興元行省夾谷公神道碑　姚燧……二八八二
卷六十三
神道碑
真定新軍萬戶張公神道碑　姚燧…二八九五
潁州萬戶邸公神道碑　姚燧……二九〇九
同知廣東宣尉司事王公神道碑
姚燧……二九二〇
戍守鄧州千戶楊公神道碑　姚燧…二九二八
卷六十四
神道碑
鄧州長官趙公神道碑　姚燧……二九三九
山南廉訪副使馮公神道碑　姚燧…二九五〇
浙西廉訪副使潘公神道碑　姚燧…二九五七
故宋太常少卿陳公神道碑　姚燧…二九六六
故提舉太原監使司徐君神道碑
姚燧……二九七八

第十一册

卷六十五

神道碑

平章政事廉文正王神道碑　元明善……二九八九
河南行省左丞相高公神道碑　元明善……三〇二二
稾城令董府君神道碑　元明善……三〇三五
集賢直學士文君神道碑　元明善……三〇四一

卷六十六

神道碑

福建廉訪副使仇公神道碑　趙孟頫……三〇四七
御史中丞楊公神道碑　虞集……三〇五四
翰林承旨劉公神道碑　虞集……三〇六九
故知昭州秦公神道碑　虞集……三〇七九

卷六十七

神道碑

河東廉訪使程公神道碑　王思廉……三〇八七
故宋文節先生謝公神道碑　李源道……三〇九七
廣平路總管邢公神道碑　馬祖常……三一〇四
禮部尚書馬公神道碑　馬祖常……三一〇九
翰林學士元公神道碑　馬祖常……三一一七

卷六十八

神道碑

平章政事致仕尚公神道碑
孛术魯翀……三一二七
大都路都總管姚公神道碑
孛术魯翀……三一四九
參知政事王公神道碑　孛术魯翀……三一六八

卷六十九

傳

李伯淵奇節傳　曹居一……三一八一
金同知沁南軍節度使事楊公傳
姚燧……三一八六
烈婦胡氏傳　王惲……三一九〇
何長者傳　胡長孺……三一九一
陳孝子傳　胡長孺……三一九九
史母程氏傳　袁桷……三二〇七
李節婦傳　揭傒斯……三二一一

卷七十

傳

稾城董氏家傳　元明善……三二一五
節婦馬氏傳　元明善……三二四五
張淳傳　元明善……三二四七
高昌偰氏家傳　歐陽玄……三二四八
元文類跋　王守誠……三二七五

本册目録

王理序……一
陳旅序……七
元文類目録……一

卷一

賦

瑟賦　熊朋來……一一五
烏木杖賦　姚燧……一二三
求志賦　袁裒……一二六
畫枯木賦　虞集……一三四
傷己賦　馬祖常……一三五
感志賦　李好文……一三六

騷

白雲辭　劉因……一四〇
悠然閣辭　袁桷……一四一
垂綸亭辭　袁桷……一四二
雲山辭　王士熙……一四三

卷二

樂章

郊祀樂章……一四五
太廟樂章……一五一
社稷樂章……一六〇
先農樂章……一六四

釋奠樂章……一六九
四言詩
致樂堂詩　虞集……一七二
萬戶張公廟堂詩　虞集……一七三
卷三
五言古詩
箕山　元好問……一七九
古意　劉祁……一八〇
懷長源　劉祁……一八〇
送雷伯威　劉祁……一八一
觀主人植槐　李冶……一八二
南山有高樹　林景熙……一八二
偃臺　劉因……一八三
黃金臺　劉因……一八三
馮瀛王吟詩臺　劉因……一八四
西山　劉因……一八五
晨起書事　劉因……一八六
種松　劉因……一八七
翟節婦詩　劉因……一八七
寄蕭徵君惟斗　盧摯……一八九
姚嗣輝南楷堂　姚燧……一九〇
蔚州元氏怡齋　荀宗道……一九一
古風　趙孟頫……一九二
逸民詩　趙孟頫……一九六
有所思　趙孟頫……二〇〇
雜詩　趙孟頫……二〇一

知非堂夜坐　何中……二〇一
擬古次韻　安熙……二〇二
榆林對月　虞集……二〇五
月出古城東　虞集……二〇五
寄題周氏水木清華亭　虞集……二〇六
趙千里出峽圖　虞集……二〇六
出直次韻　虞集……二〇六
夜直賦得金鴨燒香　虞集……二〇七
寄題新治亭　虞集……二〇七
滋溪書堂爲蘇伯修賦　虞集……二〇七
讀伯庸學士止酒詩　貢奎……二〇八
泗濵堂爲蓋善長賦　王結……二〇九
書上都學宫齋壁　馬祖常……二〇九
節婦王氏　范梈……二一〇
范墳詩　孛术魯翀……二一一
大明宫早朝　胡寛……二一四

卷四

樂府歌行

湘夫人詠　元好問……二一五
西樓曲　元好問……二一五
征人怨　元好問……二一六
塞上曲　元好問……二一七
梁園春　元好問……二一七
征夫詞　劉祁……二一七
征婦詞　劉祁……二一八
留春曲　杜瑛……二一九

楊白花　李冶……二二〇
空村謠　楊弘道……二二〇
羽林行　楊果……二二一
金谷行　楊奐……二二二
桃源行　劉因……二二三
明妃曲　劉因……二二四
塞翁行　劉因……二二五
武當野老歌　劉因……二二六
燕歌行　劉因……二二七
白鴈行　劉因……二二七
義俠行　王惲……二二八
田家謠　魏初……二三一
懸瓠城歌　李材……二三二
水荒子歌　鮮于樞……二三四
湖上曲　鮮于樞……二三五
烈婦行　趙孟頫……二三五
沉沉行　虞集……二三七
車簇簇行　馬祖常……二三七
竹枝歌　馬祖常……二三八
玉環引　王士熙……二三八
早朝行　王士熙……二三九
畫馬歌　范梈……二四〇
蘇小小歌　辛文房……二四〇
李宫人琵琶引　揭傒斯……二四一
舶上謠　宋本……二四二

卷五

七言古詩

鄧州城樓　元好問……二四五
吊故宫　杜瑛……二四五
巨源相過話舊有感　王磐……二四六
有懷梁仲經父　楊奂……二四八
金太子允恭墨竹　劉因……二四八
金太子允恭唐人馬　劉因……二四九
陳氏莊　劉因……二五〇
渡白溝　劉因……二五一
宋徽宗賜周準人馬圖　劉因……二五三
宋理宗書宫扇　劉因……二五三
登金荊軻山　劉因……二五四
幼安濯足圖　劉因……二五五
歸去來圖　劉因……二五六
淵明歸來圖　盧摯……二五七
淵明歸來圖　尚野……二五七
過黄陵廟　李材……二五八
金人出塞圖　虞集……二五九
董元夏景山口待渡圖　虞集……二六一
送孟修兄南歸　虞集……二六一
寄鄉友　馬祖常……二六二
送蘇公赴嶺北行省郎中　王士熙……二六三
萬竹亭　范梈……二六四
滋溪書堂　謝端……二六五

雜言

觀雷溪　劉因……二六六
游郎山　劉因……二六七
岳陽樓　張經……二六九
題丁氏松澗圖　鄧文原……二七一
離京　李泂……二七二
先天觀　范梈……二七四

雜體

安南清明集句　陳孚……二七五
遠遊聯句　袁裒……二七八

脩德堂重訂

元文類

本衙藏版

元文類序

庀文統事太史之職也史官放失而文學之士得以備其辭焉古者自策書簡牘下及星曆卜祝之事屬于太史故三墳五典八索九丘在焉書與易皆是也而春秋出焉教于國都州里者詩禮樂而已矣觀民風者采詩謠以知俗觀禮樂以知政亦集于太史後之學者攷六藝之辭發而爲文章是故文章稱西漢記事宗左氏司馬子長與世與變其間必有名者出焉國初學士大夫祖述金人江左餘風車書大同風

氣爲一至元大德之間庠序興禮樂成迄于延祐以來極盛矣大凡國朝文類合金人江左以攷國初之作述至元大德以觀其成定延祐以來以彰其盛斯著矣綱羅放失采拾名家最以載事爲首文章次之華習又次之表事稱辭者則讀而知之者存焉伯修於是亦勤矣哉固忠厚之道也文章之體備矣因類物以知好尚本敷麗以知情性辭賦第一備六體兼百代萃稡其言樂章古今詩第二本誓命紬訓誥申重其辭以憲式天下萬世則之詔冊制命第三人臣

告猷日月獻納有奏有諫有慶有謝奏議表牋第四
物有體體以生義以寓勸戒褒述箴銘頌贊第五聖
賢之生必有功德事業立于天下後世法象之古今
聖哲碑第六核諸實顯諸華合斯二者不誕不俚記
序第七衷蘊之發油然愜徹其變不動者鮮矣書啓
第八物觸則感感則思思則鬱鬱則不可遏有裨于
道雜說題跋第九有事有訓有言有假有類不名一
體雜著第十朝廷以群造士先生以導學者徵諸古
策問第十一爾雅其言燁燁然歸其辭其事宜焉諸

雜文第十二累其行事不墜遺之意其辭懿哀辭謚
議第十三其爲人也没而不存矣備述之始終之行
狀第十四其爲人也没而不存矣志其大者遠者將
相大臣有彝鼎之銘大夫士庶人及婦人女子亦得
以没而不朽者因其可褒而褒焉以爲戒勸焉墓志
碑碣表傳第十五總七十卷出入名家總若干人是
則史官之職也天必有取於是也夫自孔子删定六
藝書與春秋守在儒者自史官不世其業而一代之
載往往散於人間士之生有幸不幸其學有傳不傳

日遷月化簡札堙没是可歎也伯修三爲史氏而官守格限遂以私力爲之蘇君天爵伯修其字也世爲真定人先世咸以儒名咸如先生尤邃歷學著大明歷筭法篇以稽其繆失爲郎中府君以材顯至伯修而益啓之伯修博學而文於書無所不讀討求國朝故實及近代逸事最詳定著名臣事略若干卷遼金紀年若干卷并爲是書非有補益于世道者不爲也也自翰林修撰爲南行臺御史今爲監察御史元統二年夏四月戊午朔文林郎江南諸道行御史臺監

察御史南鄭王理序

元文類序

元氣流行乎宇宙之間其精華之在人有不能不著者發而爲文章焉然則文章者固元氣之爲也徒審前人制作之工拙而不知其出於天地氣運之盛衰豈知言者哉蓋嘗考之三代以降惟漢唐宋之文爲特盛就其世而論之其特盛者又何其不能多也千數百年之久天地氣運難盛而易衰乃若此斯人之榮悴槩可知矣先民有言曰三光五嶽之氣分大音不完必混一而後大振美哉乎其言之也昔者北南

斷裂之餘非無能言之人馳騁於一時頗徃徃囿於是氣之衰其言荒粗萎冗無足起發人意其中有若干不爲是氣所囿者則振古之豪傑非可以世論也我國家奄有六合自古稱混一者未有如今日之無所不一則天地氣運之盛無有盛於今日者矣建國以來列聖繼作以忠厚之澤涵育萬物鴻生儁老出於其間作爲文章龐蔚光壯前世陋靡之風於是乎盡變矣孰謂斯文之興不有關於天地國家者乎翰林待制趙郡蘇天爵伯修慨然有志於此以爲秦漢

魏晉之文則收於文選唐宋之文則載於文粹文鑑
國家文章之盛不采而彙之將遂散軼沉泯赫然休
光弗耀於將來非當務之大缺者歟乃蒐摭國初至
今名人所作若歌詩賦頌銘贊序記奏議雜著初說
議論銘誌碑傳皆類而聚之積二十年凡得若干首
爲七十卷名曰國朝文類百年文物之英盡在是矣
然所取者必其有繫於政治有補於世教或取其雅
製之足以範俗或取其論述之足以輔翼史氏凡非
此者雖好弗取也夫人莫不有所爲於世顧其用心

何如耳彼爲身謀者窮晝夜所爲將無一事出於其私心之外至有爲人子孫於其先世所可傳者漠然曾不加意遑及它人之文與天下之事哉覽是編者不惟有以見斯文之所以盛亦足以見伯修平日之用心矣伯修學博而識正自爲成均諸生以至歷官翰苑凡前言往行與當世之所可述者無不筆之簡册有名國朝名臣事略與是編並著廷論以文類猶未流布於四方也移文江浙行省鋟諸梓伯修使旅書所以纂輯之意于編端庶幾同志之士尚相與博

采而嗣錄之元統二年五月五日將仕佐郎國子助
教陳旅序

元文類目録卷之上

卷之一

賦

琵賦　熊朋來
烏木杖賦　姚燧
求志賦　袁裒
畫枯木賦　虞集
傷巳賦　馬祖常
感志賦　李好文

元文類

騷

白雲辭　劉因

悠然閣辭　袁桷

垂綸亭辭　袁桷

雲山辭　王士熙

卷之二

樂章

郊祀樂章

太廟樂章

社稷樂章
先農樂章
釋奠樂章
四言詩
致樂堂詩　虞集
萬戶張公廟堂詩　虞集

卷之三

五言古詩
箕山　元好問

古意　劉祁
懷長源　劉祁
送雷伯威　劉祁
觀主人植槐　李冶
南山有高樹　林景熙
僊臺　劉因
黄金臺　劉因
馮驩王吟詩臺　劉因
西山　劉因

晨起書事　劉因
種松　劉因
翟節婦詩　劉因
寄蕭徵君惟斗　盧摯
姚嗣輝南欞堂　姚燧
蔚州元氏怡齋　荀宗道
古風　趙孟頫
逸民詩　趙孟頫
有所思　趙孟頫

雜詩　趙孟頫

知非堂夜坐　何中

擬古次韻　安熙

榆林對月　虞集

月出古城東　虞集

寄題周氏水木清華亭　虞集

趙千里出峽圖　虞集

出直次韻　虞集

夜直賦得金鴨燒香　虞集

寄題新治亭　虞集
滋溪書堂爲蘇伯修賦　虞集
讀伯庸學士止酒詩　貢奎
泗濱堂爲葢善長賦　王結
書上都學宮齋壁　馬祖常
節婦王氏　范梈
范墳詩　孛木魯翀
大明宮早朝　胡寬

卷之四

樂府歌行

湘夫人詠　元好問

西樓曲　元好問

征人怨　元好問

塞上曲　元好問

梁園春　元好問

征夫詞　劉祁

征婦詞　劉祁

留春曲　杜瑛

楊白花　李冶
空村謠　楊宏道
羽林行　楊果
金谷行　楊奐
桃源行　劉因
明妃曲　劉因
塞翁行　劉因
武當野老歌　劉因
燕歌行　劉因

白鷹行　劉因
義俠行　王惲
田家謠　魏初
懸瓠城歌　李材
水荒子歌　鮮于樞
湖上曲　鮮于樞
烈婦行　趙孟頫
沉沉行　虞集
車簇簇行　馬祖常

竹枝歌　馬祖常
玉環引　王士熙
早朝行　王士熙
畫馬歌　范梈
蘇小小歌　辛文房
李宮人琵琶引　揭傒斯
舶上謠　宋本

卷之五

七言古詩

鄧州城樓　元好問

弔故宫　杜瑛

巨源相過話舊有感　王磐

有懷梁仲經父　楊奐

金太子允恭墨竹　劉因

金太子允恭唐人馬　劉因

陳氏莊　劉因

渡白溝　劉因

宋徽宗賜周準人馬圖　劉因

宋禮宗書宫扇　劉因

登荊軻山　劉因

幼安濯足圖　劉因

歸去來圖　劉因

淵明歸來圖　盧摯

淵明圖　尚野

過黄陵廟　李材

金人出塞圖　虞集

董元夏景山口待渡圖　虞集

送孟修兄南歸　虞集
寄鄉友　馬祖常
送蘇公赴嶺北行省郎中　王士熙
萬竹亭　范梈
滋溪書堂　謝端

雜言

觀雷溪　劉因
游郎山　劉因
岳陽樓　張經

松澗圖　鄧文原
離京　李泂
先天觀　范梈
雜體
安南清明集句　陳孚
遠游聯句　袁裒
卷之六
五言律詩
春思　張澄

觀物　許衡
趙氏南莊　許衡
晚上易臺　劉因
登武陽　劉因
雜詩　劉因
過奉先　劉因
齋居雜言　何榮祖
寄暢純父治　姚燧
輿病高崖中作　姚燧

舟達黄溪　姚燧
發舟青神縣　姚燧
感事　姚燧
次韻書事　安熙
病中齋居　安熙
進詩一首　李孟
岳陽樓待渡　高思恭
泊舟湘岸　李材
游山寺　李材

送蘇子寧北行 袁桷
名酒 虞集
題秋山圖 虞集
送國王朶而只之遼東 虞集
朝回卽事 虞集
石田山居 馬祖常
郎中蘇公哀挽 馬祖常
癸酉除夕 劉汶
早春述懷 劉汶

七言律詩

杏花落後　元好問
長安感懷　楊奐
洛陽懷古　楊果
南京遇仙樓　劉祁
戊辰冬赴試西京　王革
題劉京叔歸潛堂　薛玄
秋思　杜瑛
和家弟誠之詩韻　段克巳

雨後漫成　段成巳
七月望日思親　許衡
燕城書事　魏璠
送魯齋先生南歸　張易
聞家大參歸　林景熙
挽文丞相　徐世隆
次范葯莊詩韻　宋衡
過鄉縣西方古故居　劉因
晚眺　劉因

易臺　劉因
望易京　劉因
海南鳥　劉因
朝回次楊司業韻　吳澂
代祀南岳登祀融峯　趙世延
駕畋椰林隨侍　陳益稷
題許仲仁詩卷　程鉅夫
岳陽樓　梁增
麻姑壇　郝天廷

都門春日　李材
禁城秋夕　李材
元日賀裴都事朝回　李材
壽杜侍御　李材
和王御史春詩韻　李材
送楊耀卿使雲南　李材
老松怪柏圖　李材
次韻答友見贈　安熙
留别都城諸公　李京

卷之七

七言律詩

聞擣衣　趙孟頫
溪上　趙孟頫
道場山　趙孟頫
蛾眉亭　趙孟頫
多景樓　趙孟頫
雨華臺　趙孟頫
過岳王墓　趙孟頫

錢唐懷古　趙孟頫
海子卽事　趙孟頫
弁山佑聖宫　趙孟頫
城南山堂　趙孟頫
春日言懷　趙孟頫
紀舊游　趙孟頫
東陽八景樓　趙孟頫
贈周景遠田師孟　趙孟頫
金陵懷古　趙孟頫

和周待制朝回詩韻　袁桷
無題次伯庸韻　袁桷
奉題延祐宸翰　鄧文原
題小薛王畫鹿　鄧文原
陪高彥敬游南山　鄧文原
郎中蘇公哀挽　鄧文原
司業李公哀挽　貢奎
王内翰哀挽　張養浩
送袁待制扈從上京　虞集

朝回和周待制韻　虞集

送朱生南歸　虞集

南野亭　虞集

歸蜀　虞集

自仁壽回成都　虞集

謝周南翁　虞集

送李通甫　虞集

御溝詩次宋顯夫韻　虞集

試院書事　馬祖常

題豳風亭　馬祖常
送宋顯夫南歸　馬祖常
駕發　馬祖常
送袁德平歸越　王士熙
送王在中　王士熙
九成宮圖　王士熙
驪山宮圖　王士熙
題鮮僊伯幾帖　王士熙
寄上都分省僚友　王士熙

題節婦　王士熙
上京次伯庸學士韻　王士熙
大都雜詩　宋本
姑蘇臺　劉致
綿竹縣治　楊靜
燕中懷古　李源道
宗陽宮翫月　楊載
擬去京師　楊載
貢袁諸公修史　楊載

宿李陵臺　周應極
睢陽懷古　李鳳
周氏慈雲庵　揭傒斯

卷之八

五言絶句

錄汴梁宮人語　楊奐
酬昭君怨　楊奐
春日　劉因
石鼎聯句圖　劉因

螻蛄　劉因
薔薇　劉因
采薇圖　盧摯
題張尹書巢　吳澂
江州庾樓　賀復孫
錢選宮人圖　安熙
市莊　王結
節婦黄氏　馬祖常
過李陵臺　馬祖常

七言絶句

讀汝南遺事　楊奐
明皇擊梧圖　李俊民
過陳司諫墓　劉祁
瀟湘夜雨　李治
墨海棠　李治
征南口號　杜瑛
春日雜詠　徒單公履
登北邙山　楊果

村居　楊果
峴山秋晚圖　楊果
太真教鸚鵡圖　馮渭
覃懷春日　趙復
春晴　劉辰翁
春浦帆歸圖　孟攀鱗
杭州聞角　梁棟
有懷　劉秉忠
風雨圖　許衡

風雨同舟　張孔孫
水僊花　商挺
書事　劉因
山寺早起　劉因
讀史評　劉因
山行　劉因
山家　劉因
寫真詩卷　劉因
巳巳春徃均州　宋衟

觀出獵　宋衜
壽陽梅粧圖　王思廉
昭君出塞圖　王思廉
汾亭古意圖　張礎
關山風雨圖　張礎
絶句四首　趙孟頫
錢選畫花　陳儼
題道院　高克恭
無錫山中　高克恭

即事　高克恭
過弋陽　高克恭
過信州　高克恭
過京口　高克恭
寄王總管　李昶
過故縣埧　李昶
杏花始開小酌　安熙
和郭安道治書韻　周馳
遼陽高節婦　王結

秋懷　曹元用
贈李祕監　張養浩
青山白雲圖　虞集
水芙蓉　虞集
木芙蓉　虞集
春雲　虞集
聽雨　虞集
庚午廷試次韻　虞集
曹將軍馬　虞集

寄家書　馬祖常
題柳道傳詩卷　馬祖常
宮祠　馬祖常
孟光舉案圖　王執謙
題甄氏訪山亭　陳觀
清明日游太傅林亭　辛文房
玉簪　張淳
過郝參政墓林　鮑仲華

卷之九

詔赦

即位詔　王鶚
中統建元詔　王鶚
中統元年五月赦　王鶚
賜高麗國王曆日詔　王鶚
至元改元赦　王鶚
建國號詔　徒單公履
頒授時曆詔　李謙
清冗職詔　李謙

加封五岳四瀆四海詔　閻復
興師征江南諭行省軍官詔　王構
即位詔　王構
五鎮山加封詔　王構
建儲詔　閻復
即位詔　閻復
行銅錢詔　姚燧
至大三年十月赦　姚燧
即位詔　姚燧

行科舉詔　程鉅夫
卽位詔　張士觀
至治改元詔　元明善
命拜住爲右丞相詔　袁桷
諭安南國詔　曹元用
卽位改元詔　虞集
卽位詔　虞集
親祀南郊赦　虞集
卽位詔　虞集

卷之十

冊文

皇后冊文　王磐
皇太子冊文　徒單公履
太祖皇帝加上尊謚冊文　王構
世祖皇帝謚冊文　王構
皇太后玉冊文　陳儼
睿宗皇帝加上尊謚冊文　劉賡
順宗皇帝謚冊文　程鉅夫

皇后冊文　程鉅夫
皇帝尊號玉冊文　姚燧
皇太后尊號玉冊文　姚燧
皇太子冊文　閻復
成宗皇帝謚冊文　張士觀
仁宗皇帝謚冊文　張士觀
英宗皇帝謚冊文　袁桷
皇后冊文　袁桷
明宗皇帝謚冊文　虞集

卷之十一

制

加封孔子制　閻復

加封孔子父母制　謝端

追封宣聖夫人制　虞集

追封孟子父母制　張士觀

追封伯夷叔齊制　閻復

封周子爲道國公制　霍希賢

楊庸教授三氏子孫制　楊果

許衡爲懷孟教官制　楊果

降封宋主爲瀛國公制　王磐

丞相史天澤贈謚制　劉元

太保劉秉忠贈謚制　李槃

左丞董文炳贈謚制　李槃

丞相伯顏贈謚制　閻復

丞相阿术贈謚制　閻復

丞相綫真贈謚制　閻復

丞相和禮霍孫贈謚制　閻復

翰林承旨王磐贈官制　王之綱
左丞許衡贈官制　姚燧
元帥烏野而封謚制　姚燧
元帥紐隣封謚制　姚燧
丞相阿塔哈封謚制　姚燧
妻札剌而氏封王夫人制　姚燧
丞相塔剌哈追封淇陽王制　姚燧
妻啜思鑾公主封王夫人制　姚燧
耶律鈞贈官制　姚燧

高麗國王封曾祖父母父母制　姚燧

卷之十二

制

高麗國王封曾祖父母制　王構

趙與芮降封平原郡公制　王構

丞相阿里海牙贈謚制　王構

丞相答剌罕贈謚制　王構

平章史弼封鄂國公制　王構

翰林承旨姚樞贈謚制　王構

翰林承旨姚燧父楨贈官制　王構
留守段貞贈諡制　王構
播州楊邦憲贈諡制　王構
平章廉希憲封諡制　元明善
參政商挺贈諡制　元明善
樞密趙良弼贈諡制　元明善
平章董士選贈三代制　元明善
中丞于璋贈諡制　元明善
中丞崔彧贈諡制　張士觀

平章李庭贈謚制　張士觀
丞相卜鄰吉台封河南王制　程鉅夫
高麗國王昛加恩制　張士觀
安南國王陳益稷加恩制　程鉅夫
平章張珪封蔡國公制　吳徵
許衡妻敬氏封國夫人制　鄧文原
丞相拜住贈謚制　袁桷
平章不忽木贈謚制　盧亘
思州田晃忽而不花贈二代制　馬祖常

太史令王恂贈謚制　王士熙
御史覯音寶贈謚制　李端
丞相伯顔祖考封謚制　宋本
御史大夫相嘉碩利封謚制　謝端
卷之十三
奏議
時務五事　許衡
班師議　郝經
卷之十四

奏議
立政議　郝經
三本書　陳祐
論盧世榮姦邪狀　陳天祥
卷之十五
奏議
諫幸五臺疏　李元禮
建白十一五事　馬祖常
建言五事　許約

太廟室次議　劉致
眞定玉華宮罷遣太常樂議　元永貞

卷之十六

表

東昌路賀平宋表　徐世隆
車駕班師賀表　李浩
賀平宋表　孟祖
進授時曆經曆議表　楊桓
進實錄表　王惲

進三朝實錄表　程鉅夫
翰林國史院陞從一品謝表　程鉅夫
謝賜禮物表　吳澂
進實錄表　袁桷
賀登極表　虞集
經筵官進職謝恩表　虞集
進實錄表　謝端
進經世大典表　歐陽玄

卷之十七

表

賀正旦表　劉敏中
賀冊后表　楊文郁
賀元旦表　姚登孫
賀建儲表　姚登孫
賀聖節表　李之紹
賀聖節表　鄧文原
賀正旦表　盧亘
賀親祀太廟表　虞集

賀親祀太廟表　鄧文原
賀聖節表　虞集
賀正旦表　虞集
賀正旦表　宋本
賀親祀南郊表　謝端
牋
賀正旦牋　夾谷之奇
賀千秋牋　楊文郁
賀千秋牋　袁桷

賀正旦牋　虞集

箴

絅齋箴　鄧文原

慎獨箴　安熙

銘

簡儀銘　姚燧

仰儀銘　姚燧

漏刻鍾銘　姚燧

渾象銘　楊桓

玲瓏儀銘　楊桓
高表銘　楊桓
太史院銘　楊桓
瓶城齋銘　閻復
王孝女旌門銘　劉因
納齋銘　吳澂
蘇氏藏書室銘　袁桷
虛實銘　虞集
奎章閣銘　虞集

知許州劉侯民愛銘　孛术魯翀
安氏尊經堂銘　孛术魯翀
儼思齋銘　楊剛中

卷之十八

頌

賈侯修廟學頌　吳澂
青宫受寶頌　虞集
駐驆頌　孛木魯翀
馮侯去思頌　顧文深

贊

魯齋先生畫像贊　王　磐
書畫像自警　劉　因
王允中眞贊　劉　因
質齋贊　蕭　㪺
晦庵先生畫像贊　吳　徵
臨川野老自贊　吳　徵
李秦公畫像贊　程鉅夫
臨川吳先生畫像贊　虞　集

西夏相斡公畫像贊　虞集
自贊畫像　虞集
大象圖贊　虞集
橐佗圖贊　虞集
靜修劉先生畫像贊　歐陽玄
默菴安先生畫像贊　歐陽玄
威如蘇先生畫像贊　歐陽玄
郎中蘇公畫像贊　歐陽玄
潘雲谷墨贊　李泂

李節婦馮靜君賛　王士熙

元文類目錄卷之上終

元文類目錄卷之中

卷之十九

碑文

國子學先聖廟碑　程鉅夫
曲阜孔子廟碑　閻復
襄陽廟學碑　姚燧
大興府學孔子廟碑　馬祖常
光州孔子新廟碑　馬祖常
眞定路宣聖廟碑　孛术魯翀

卷之二十

碑文

帝禹廟碑　鄧文原

漢番君廟碑　元明善

侯府君夫人李氏祠堂碑　郭松年

光州固始縣南嶽廟碑　馬祖常

漢濟南伏生祠堂碑　張起巖

卷之二十一

碑文

中書左丞李公家廟碑　姚燧
元帥張獻武王廟碑　虞集

卷之二十二

碑文

長春宫碑　姚燧
延釐寺碑　姚燧
崇恩福元寺碑　姚燧
普慶寺碑　姚燧
應昌府報恩寺碑　程鉅夫

上都華嚴寺碑　袁桷
龍翔集慶寺碑　虞集

卷之二十三

碑文

平雲南碑　程鉅夫
太師廣平貞憲王碑　閻復
太師淇陽忠武王碑　元明善
駙馬高唐忠獻王碑　閻復

卷之二十四

碑文

丞相東平忠憲王碑　元明善

丞相淮安忠武王碑　元明善

卷之二十五

碑文

丞相順德忠獻王碑　劉敏中

駙馬昌王世德碑　張士觀

曹南王世德碑　虞集

卷之二十六

碑文
高昌王世勳碑　虞集
句容郡王世績碑　虞集
太師太平王定策元勳之碑　馬祖常
卷之二十七
記
崔府君廟記　元好問
汴故宮記　楊奐
鄆國夫人殿記　楊奐

游龍山記　麻革
餘干州學記　李謹思
平蠻記　陽恪
平江路學祭器記　李淦
淮陰侯廟記　楊先韓
舍奠禮器記　鄭陶孫

卷之二十八

記

櫝著記　劉因

高林孔子廟記　劉因
退齋記　劉因
鶴菴記　劉因
麟齋記　劉因
汴梁廟學記　姚燧
澧州廟學記　姚燧
千戶所廳壁記　姚燧
江漢堂記　姚燧
遐觀堂記　姚燧

卷之二十九

記

凝道山房記　吳徵

檥槎亭記　元明善

順州儀門記　元明善

武昌路學記　元明善

虛室記　元明善

萬竹亭記　元明善

濟南龍洞山記　張養浩

邵菴記　袁桷
董子祠堂記　曹元用
考亭書院記　熊禾

卷之三十

記

克復堂記　虞集
誠存堂記　虞集
思學齋記　虞集
舒城縣學明倫堂記　虞集

孝思亭記　虞集
魏宋南兩文貞公祠堂記　虞集
尊經堂記　虞集
西山書院記　虞集
鶴山書院記　虞集
張氏新塋記　虞集
御史臺記　虞集

卷之三十一

記

石田山房記　馬祖常
小圃記　馬祖常
上都分院記　馬祖常
績溪縣尹張公舊政記　宋本
水木清華亭記　宋本
河南安撫使李公祠堂記　宋本
都水監事記　宋本
滋溪書堂記　宋本
臨高縣龍壇記　范梈

懷友軒記　杜本
安先生祠堂記　歐陽玄
趙忠簡公祠堂記　歐陽玄

卷之三十二

序

傷寒會要序　元好問
正統八例總序　楊奐
測圓海鏡序　李冶
大定治績序　王磐

楊紫陽文集序　趙　復
通鑑前編序　金履祥
新注資治通鑑序　胡三省
文獻通考序　馬端臨
六書故序　戴　侗
釋奠儀注序　張　須

卷之三十三

序

莊周夢蝶圖序　劉　因

續後漢書序　郝經
胡氏律論序　熊朋來
鍾鼎篆韻序　熊朋來
授時曆轉神注式序　楊桓
送進士梁彥中序　姚登孫
送喻秀才序　何中
南唐書序　趙世延

卷之三十四

序

國統離合表序　姚燧
序江漢先生死生　姚燧
送宰先生序　姚燧
送雷季正序　姚燧
送暢純甫序　姚燧
送李茂卿序　姚燧
送姚嗣輝序　姚燧
李平章畫象序　姚燧
序牡丹　姚燧

春秋諸國統紀序 姚燧
服制考詳序 吳澂
陸象山語録序 吳澂
元學士文稾序 吳澂
別趙子昂序 吳澂
送盧廉使還朝爲翰林學士序 吳澂
送何太虛北游序 吳澂

卷之三十五

序

吳紉清先生南歸序　元明善
送馬翰林南歸序　元明善
雲南志略序　虞　集
杜詩纂例序　虞　集
南昌劉應文文稾序　虞　集
安先生文集序　虞　集
汪氏勲德録序　虞　集
羅氏族譜序　虞　集
蔡孝子詩序　虞　集

雨尹先生慶九十壽詩序　虞　集
送李擴序　虞　集
送彰德路經歷韓君序　虞　集
送冷敬先序　虞　集

卷之三十六

序

農桑輯要序　蔡文淵
送王編修代祀秦蜀山川序　曹元用
風憲宏綱序　馬祖常

臥雪齋文集序　馬祖常
周剛善文稾序　馬祖常
送簡管勾序　馬祖常
大元通制序　孛术魯翀
送楊仲禮序　王士熙
文丞相傳序　許有壬
唐律疏義序　柳　貫
孔氏譜序　揭傒斯
國朝名臣事略序　歐陽玄

補正水經序　歐陽玄
忠史序　歐陽玄
送曲阜廟學管勾簡君序　歐陽玄
送張文琰序　謝端
太常集禮稾序　李好文

卷之三十七

書

上耶律中書書　元好問
與姚公茂書　楊奐

與竇先生書　許衡
答耶律惟重書　許衡
與楊元甫論梁寬甫病證書　許衡
上宰相書　劉因
與襄陽呂安撫書　宋衡
與姚江村先生書　盧摯
答董中丞書　吳徵
上許魯齋先生書　王旭
與烏叔備書　安熙

卷之三十八

說

唯諾說　劉因
權說　何榮祖
無極而太極說　吳澂
致愨亭說　吳澂
李侯諸子名字說　虞集
蘇君字說　虞槃

題跋

跋金國名公書　元好問
跋趙太常擬試賦稾後　楊奐
題中州詩集後　家鉉翁
跋崔清獻公洪忠文公帖　牟巘
書張侯言行錄後　徒單公履
記太極圖後　劉因
跋懷素藏貞律公二帖後　劉因
題党懷英八分書　胡祗遹

卷之三十九

題跋

書李伯時九歌圖後　吳澂
書貢仲章文稾後　吳澂
書邢氏賢行　吳澂
跋盧龍趙氏族譜後　元明善
題書學纂要後　袁裒
跋歐書皇甫誕碑後　袁桷
書堂邑張令去思碑後　虞集
書王贊善家傳後　虞集

書玄玄贅稾後　虞集
書王眞言事　虞集
書經筵奏議稾後　虞集
題吳傳朋書及李唐山水　虞集
跋蘇氏家藏雜帖　宋本
題郎中蘇公墓誌銘後　楖貫

卷之四十

雜著

經世大典序録　君事　治典　賦典

卷之四十一

雜著

經世大典序錄　禮典　政典

卷之四十二

雜著

經世大典序錄　憲典　工典

卷之四十三

雜著

四經序錄易　書　詩　春秋　吳徵

三禮序錄 儀禮 周官 小戴記 大戴記　吳徵
春秋諸國統紀序錄　齊履謙

卷之四十四

雜著

讀易私言　許衡
東西周辨　吳徵
攺月疏議　張敷言

卷之四十五

雜著

故物譜　元好問
辨遼宋金正統　修端
讀藥書漫記二條　劉因
七觀　袁桷
工獄　宋本

卷之四十六

策問

國學私試策問三首　姚登孫
私試策問　吳徵

廷試策問　元明善
擬會試策問　曹元用
廷試策問　袁桷
會試策問　袁桷
廷試策問　袁桷
會試策問　虞集
會試策問　虞集
廷試策問　虞集
廷試策問　虞集

卷之四十七

策問

會試策問　馬祖常
廷試策問　王士熙
大都鄉試策問　孛术魯翀
鄉試策問　宋本
鄉試策問　歐陽玄
會試策問　歐陽玄
鄉試策問　黄溍

啓

謝嚴東平賜馬啓　康曄
謝解啓　閻復

上梁文

廣寒殿上梁文　徐世隆
太廟上梁文　王磐
東宮正殿上梁文　盧摯
尚書省上梁文　閻復
九先生祠上梁文　薛友諒

大次殿上梁文　宋本

卷之四十八

祝文

江南平告太廟祝文　王盤
太廟火災告祭祝文　閻復
得玉璽奏告太廟祝文　王構
加謚祖宗告祀南郊祝文　姚燧
巳卯春釋菜先聖文　劉因
告峨山龍湫文　劉因

封龍書院釋菜先聖文　安熙
祭海神文　虞集
祭伍子胥文　虞集

祭文

祭國信使王宣撫文　楊奐
祭太保劉公文　徐世隆
祭硯司業先生文　滕安上
祭魯齋先生文　呂端善
魯齋先生陞從祀祭文　許約

祭康先生文　王思廉
祭徐承旨文　李之紹
祭袁學士文　虞　集

哀辭

平章政事廉公哀辭　李元禮
林處士哀辭　袁　桷
丁文苑哀辭　許有壬

謚議

何忠肅公謚議　虞　集

陳文靖公謚　虞集
姚文公謚議　楙貫
蕭貞敏公謚議　劉政

元文類目錄卷之中終

元文類目錄卷之下

卷之四十九
行狀
中書左丞李忠宣公行狀　虞　集
翰林學士承旨董公行狀　虞　集
卷之五十
行狀
知太史院事郭公行狀　齊履謙
濟南路大都督張公行狀　張起巖

卷之五十一

墓誌

故金漆水郡侯耶律公墓誌銘　元好問
雷希顔墓誌銘　元好問
孫伯英墓誌銘　元好問
聶孝女墓誌銘　元好問
南京度支判官楊公墓誌銘　許衡
易州太守郭君墓誌銘　劉因
新安王生墓誌銘　劉因

湖南宣慰使趙公墓誌銘　盧摯
監察御史蕭君墓誌銘　程鉅夫
翰林學士趙公墓誌銘　閻復

卷之五十二

墓誌銘

南京路總管張公墓誌銘　姚燧
唐州知州楊君墓誌銘　姚燧
瀏陽縣尉閻君墓誌銘　姚燧
薊州甲局提舉劉君墓誌銘　姚燧

廣州懷集令劉君墓誌銘　姚燧
故民鍾五六君墓銘　姚燧
彭澤縣尹姚君墓誌銘　吳澂
熊君佐墓誌銘　吳澂
袁君夫人史氏墓誌銘　元明善
翰林承旨王公墓誌銘　袁桷

卷之五十三

墓誌銘

上都留守賀公墓誌銘　虞集

平章政事張公墓誌銘　虞　集

卷之五十四

墓誌銘

嶺北行省郎中蘇公墓誌銘　虞　集
熊先生墓誌銘　虞　集
牟先生墓誌銘　虞　集
故贈瑞安知州王公墓誌銘　虞　集
周母李氏墓誌銘　虞　集
爲美縣尹王君墓誌銘　李道源

安定郡夫人王氏墓誌銘　馬祖常
桂陽縣尹范君墓誌銘　揭傒斯
曾秀才墓誌銘　歐陽玄

卷之五十五

墓碣

國子司業滕君墓碣銘　姚燧
河南道勸農副使白公墓碣銘　姚燧
河内李氏先德碣銘　姚燧
故提刑趙公夫人楊君新阡碣銘　姚燧

故金甎官署令魏府君墓碣銘　姚燧

翰林修撰致仕董先生墓碣銘　元明善

監察御史韓君墓碣銘　張養浩

吏部員外郎鄭君墓碣銘　虞集

國子助教李先生墓碣銘　虞集

征行百戶劉君墓碣銘　馬祖常

監黃池稅務王君碣銘　馬祖常

處士甄君墓碣銘　宋本

卷之五十六

墓表

錦峰王先生墓表　楊奐
卓行劉先生墓表　王惲
孝子田君墓表　劉因
故宋兵部侍郎徐公墓表　徐琰
故宋勇勝軍統制官詹侯墓表　吳澂
元氏清河新阡表　元明善
蘇府君墓表　鄧文原
安先生墓表　袁桷

王伯益墓表　虞　集
魏山段氏阡表　虞　集
張進中墓表　王士熙
張君墓表　宋　本
卷之五十七
神道碑
故金尚書右丞耶律公神道碑　元好問
元故領中書省耶律公神道碑　宋子貞
卷之五十八

神道碑
中書右丞相史公神道碑　王　磐
中書左丞張公神道碑　李　謙
翰學侍讀學士郝公神道碑　盧　摯

卷之五十九

神道碑
湖廣行省左丞相神道碑　姚　燧
平章政事忙兀公神道碑　姚　燧
平章政專徐國公神道碑　姚　燧

卷之六十

神道碑

領太史院事楊公神道碑　姚燧

中書左丞姚文獻公神道碑　姚燧

卷之六十一

神道碑

參知政事賈公神道碑　姚燧

僉書樞密院事董公神道碑　姚燧

卷之六十二

神道碑

平章政事史公神道碑　姚燧

便宜副總帥汪公神道碑　姚燧

興元行省夾谷公神道碑　姚燧

卷之六十三

神道碑

眞定新軍萬戶張公神道碑　姚燧

潁州萬戶邸公神道碑　姚燧

同知廣東宣慰司事王公神道碑　姚燧

戍守鄧州千戶楊公神道碑　姚燧

卷之六十四

神道碑

鄧州長官趙公神道碑　姚燧
山南廉訪副使馮公神道碑　姚燧
浙西廉訪副使潘公神道碑　姚燧
故宋太常少卿陳公神道碑　姚燧

卷之六十五

故提舉太原鹽使司徐君神道碑　姚燧

神道碑
平章政事廉文正王神道碑　元好問
河南行省左丞相高公神道碑　元好問
槀城令董府君神道碑　元明善
集賢直學士文君神道碑　元明善

卷之六十六

神道碑
福建廉訪副史仇公神道碑　趙孟頫
御史中丞楊公神道碑　虞集

翰林承旨劉公神道碑　虞集
故知昭州秦公神道碑　虞集

卷之六十七

神道碑

河東廉訪使程公神道碑　王思廉
故宋文節先生謝公神道碑　李源道
廣平路總管邢公神道碑　馬祖常
禮部尚書馬公神道碑　馬祖常
翰林學士元公神道碑　馬祖常

卷之六十八

神道碑

平章政事致仕尚公神道碑　孛术魯翀

大都路都總管姚公神道碑　孛术魯翀

參知政事王公神道碑　孛术魯翀

卷之六十九

傳

李伯淵奇節傳　曹居一

金同知沁南軍節度使事楊公傳　姚燧

烈婦胡氏傳　王惲
何長者傳　胡長孺
陳孝子傳　胡長孺
史母程氏傳　袁桷
李節婦傳　揭傒斯

卷之七十

傳

槀城董氏家傳　元明善
節婦馬氏傳　元明善

張淳傳　元明善

高昌偰氏家傳　歐陽玄

元文類卷之一

元　趙郡蘇天爵伯修父編次
　　太原王守誠君實父較訂

賦

瑟賦

熊朋來

庖犧氏之創物兮始弦桐以爲瑟象離三之虛中兮戴九梁而洞越弦大衍之五十兮不勝悲而半析浩朱襄之飄風兮肇五弦於士達瞽三之爲十有五兮重華作而增八灑有番弦兮或二十而䨇巖七必五五

而廼定兮與天數以爲一紛弦樂之殊名兮皆放此而後出夫是以稱樂器之完兮莫敢擬大而度長歷炎黃而陶唐兮爲咸池之大章韶以詠而永言兮聲依永乎賡歌之明良及周爲雲和兮友之以龍門空桑想夫制作之妙伶倫吹萩后夔拊手晏龍度左公輸斷右其長爲黃鍾者九兮倍其九以爲首也其商爲頌瑟兮其宮以爲雅奏也夫惟瑟聲者歌聲之所主弦二十有五兮旋宮具也七弦相爲律兮番弦五也鳳和鳴兮其句也鴈行飛兮其柱也歌必取瑟兮

旣歌而語也徒歌曰謠兮徒鼓瑟曰步也恒爲堂上之樂兮匏竹在下也名其爲登歌之器兮無故不去也瑟教廢則歌詩者莫之爲譜也是以聖門亟稱於瑟自琴以降豈無他弦而有所不必言焉胡不觀於魯論乎孺悲之所聞點爾之侍坐由也之在門弦歌之聲託瑟以傳又不觀於國風之唐秦乎唐有山樞秦有車鄰皆專言乎鼓瑟不見刪於聖人胡不觀文王之廟祀乎一唱三嘆應弦如見歌呼於穆遺聲盈耳升歌示德含瑟曷以又不觀於周公之禮經乎飲

射賓燕禮盛樂備登歌在堂閒歌在阼或以瑟二或以瑟四堂上侑歌惟瑟而已若廼騶虞貍首閒若疊奏鄉樂惟意二南先後燕有房中五弦樂學有宵雅之肄教皆主於瑟而他弦莫侑此古人之所甚重今人之所駭笑者也自韓非之妄論齊人之見擯秦蒙將軍剖之而爲箏易京房明變之而爲準新聲代作古意浸泯若廼絲聲之器遽數之莫能既侯氏之坎坎師延之靡靡嵇阮寄嘯之具秦漢鼗鼓之戲於是六合百納絲桐亦改其制太乙天寶弦柱各出其新

意吳蜀楚之聲不同平清瑟之調滋異厥有踼弦金纏左捩右擊檀槽銀粧孤柱四㡉立搦臥摘竹軋木檻白虎之爪黃金之撥能使師曠瞶瓠巴拙但見吃陁蘇葩俳優裸裎以助其喧豗都曇臘荅急笛悲簫以奮其啁哳觀其指法則秦箏多撮琵琶多摟空侯多擘揶琴多擊竊比於琴家之猱吟按抑孰若一弦一柱取聲於自然而不假弄手以爲力也弦樂莫先於瑟他弦行世而瑟不行焉是棄其祖而爲支裔之從摧其根而葆由枿之萌也若廼道調僊呂託異人

之夔授而律呂毎混於俗稱怨湘哭顏疑胡琴之避徵而曲調例闕其徵聲又孰若一弦七律諸調皆在焉而隔八之弦自相生也然而箏笛之耳未能聽古淡者見操瑟而已嫉章句之儒僅知守詁訓者聞歌詩而自失惟夫陸沈野逸舒湮宣鬱宛其俟命且以永日人莫我好而吾瑟之僻於是采孤桐兮南山之陽致文梓兮北山之北本以黃鍾度以周尺遂練朱而繩絲雖繪錦而賁質小弦之縷七十餘二大弦之絲八十有七初促柱以高張乍試手而拂歷始肆蒿

苹之食哉歌寤寐之服但聞誦詩之聲莫知弦指之力遠手熟而習貫益心悅而志倦爲之歌伐檀若有斵輪乎河岸爲之鼓考槃若有叩槃乎山澗方且陳懿戒以自警聽衡門而無悶賦白駒之逍遙諷淇澳之瑟僩和鏘鳴兮中清寄散聲於咏嘆共赤松而調均異湘靈之悲怨儻流魚之能聽付貍鼠於不見誦閒情以自欣虞僕人之見訕遂迺避俗塵而韜錦且弛弦以囘鴈善吾瑟而不鼓思悠悠兮待旦亂曰皇羲肇瑟韶以詠兮姬孔歌詩瑟之盛兮瑟遠詩存歌

不傳兮孰能誦詩惟朱玄兮勿求諧世我思古兮解
弦弭柱羨昭文不鼓兮

烏木杖賦　姚燧

去年史仲威得烏木杖大經咫高可過顙嘗析一杖
遺余許爲賦報之其秋仲威疾歷三時未勿藥也今
年余生朝使人肩木之半相壽且促曰吾疾所以嬰
綿者豈思不償賦致耶不佞誠得一誦其辭或可釋
杖而起矣余勤其言而賦曰

或曰炎海之山珎木產焉金爲之聲石與其堅雕結

伐荷投諸瀧淵依居蛟蜃漱沫漏汷歲月俟之化而
爲玄要出入爲非得自天此島夷假以售利於中土
之微權也抑齋聞而笑之曰昔賈豬鞭梔蠟其膚市
者一濯巳呈蒼枯胥是黝材裏表一如從可占知廼
受形其本初者也胡子以由彼而然乎今夫中土之
山有衆其植斧取觀之內各異色樟柞稠文杜棗榭
赤檀栢柘黄蒲椵棫白與爾萬里遐裔絶域瀘嶲衫
紫儋黎沉褐爾賓鷄舌相半白黑一隅斯舉三可反
贖兹庶品之爛爛果孰漚以何澤況於兩間滋雨嘘

風敷吐華耀爲白爲紅深淺濃淡萬不齊同令人感之欣心悅矓問誰爲之能然皆著妙於化工夫其見諸柯葉之外者如此又何感理質於其中哉且水火之赤黑不一其色者雖童子猶能知之至語其相賊而爲用有戴白之老所未思維男丁之婦壬寢雄黑而赤雌始巷悍而難馭終爲夫之所移令其色之幽幽廼昔赤之由基是何資於遠譬只賜竈亦可閱彼炎艷而列者焰也其煙液爲煤必黔而緇因以曉夫巧繪之棄鉛朱亦懼其既久漫漶而爲黯又以信道

書坎盛之侵離也不然南脤之洲祝融之宅也歊金石而焦流蓋火熾之已極非盛其水以滅之則物將不能以生活故伊人之睟面不渥赭而深黑示火色之索藏惟獨見夫水德而已矣其木理之如漆者又足惑乎哉史鰌之孫其畏可象析而杖之奔走相餉輟矛盧於猛士配几履於席上試扶哀以起策觸爪甲而鏗響思卷鐵而含簧陋梛侯之爲匠必求同於所異纔黑蛇之佛彷隱物之變化不可期兮猶足以乘雲霧而騰往也

求志賦　袁桷

古人以賦託志或比擬賢哲或寓情幽怨或述巳出處若愍志復志述志之類非一大抵皆假設仿喻依楚語屬辭余老於變患年垂耳順白首無成因想先世遺業叙次爲求志賦其言曰

稽胚腪之攸淑兮肇啓迹於虞嬀逮流胤於公滿兮寔楙衍於大姬爰錫胙於汝潁兮廣采壤於餘支及嬴項之蹶仆兮通宛洛之說辭固守儒以卒業兮闡炎漢之卣儀鍾厥美其帝傳兮暢奕葉以演迤歷東

都之緜邈兮終江左而隆衰清風邈邈其復振兮參王謝而並馳粲抱道而質義兮徇石頭以潛夷誼推本以篤烈兮謂貞信之在茲世悠悠而遐迥兮窈譜諜之莫推跡芳馨之所由兮劬隴畝以爲基値文明之泰亨兮奮德義於海陲汔登名於太常兮翼時彥以駸騑振英風於句越兮薙榛蹊而闢之聯魚符於南北兮敞家聲以騰輝方渡江之中阨兮典禮樂於浙潏淆伊洛之鴻源兮本沂泗之宗繫始楊武於鷺雍兮嗣冠名於虎陛挺正色而不阿兮粤忠讜乎繼世

佩太阿之森鋩兮壬佞懱喈以匿避激淵淪於頹波
兮從喈嗚而歔欷黥抗言以䟽遠兮弘曲學而高位
卒滔滔而莫返兮竟奄冉而淪棄悼蕪城之荒蔚兮
莾荆榛之翳薈山川鬱其嵯峨兮俛榮華之銷瘁耿
脩名之炤焯兮齊往哲而超詣乾坤倏其淩薄兮儼
陵谷之變遷盛衰渺其難諶兮何興仆之後先駕方
舟於弱水兮刓畚鍤於石田躬勤瘁以畢歲兮挽吾
輈而莫前造窮山之岸峉嶔崟兮鄰豺虎之嘷突虩
贙汲線溜於荒谷兮刈菽藿於墳衍離阽危於嬰稚

兮紛俶擾而迆蹇覽古人以爲則兮徵往轍而訊驗仲翁俯首以綰綬兮望之落落以抱關衍秉剛以放逐兮永默默以名宦閔仲翔之通箠兮屏南交而不返既昭塞之有時兮縱余情而舒卷適鷀退而蠖伏兮寄余懷於編簡宵營營而無寐兮精炯炯而申旦縣朽綆於眢井兮悵羸餅而三歎分橡栗於羣狙兮心倉兄而不伸涉江海而行邁兮追奔驥之飛塵羌骫髒而寡與兮若眯瞙以問津忽荼毒其重羅兮哽顛連而悲辛髮種種而旣童兮齒零落而輪囷叩辜

愆於蒼昊兮雲漠漠而奚歟蹶九死而一蘇兮屬微息之僅存契靈龜以貞卜兮墨未食而已湮卒罔罔而迷適兮掩余袂以沾巾謂玄化之窈冥兮爰屏肅乎營魂形彷彿於噩夢兮喻至理之所循俾內省於微躬兮曷怨尤乎天人既爾生之犖确兮豢四體而靡勤仰哺啄以尸居兮媿胼胝之黧黔下不能以傭力兮上不足以奉承乎大君徒內哭於願欲兮宜外䱥於甄鈞瓠不瓠而靡用兮固宣父之所云挾章甫以貿粤兮遇侮慢而誰因波澈澈而東駛兮日瀏瀏

而西輪睇脩途之逾邈兮飲余馬乎江瀕佩脂韋以
假飾兮顔屢顇而已沮日儆惄以流盼兮心壹鬱而
誰語緣微徑以扳援兮察愚智于今古蘭芳馨而自
焫兮松流膏而斤斧膺厲節以殲類兮蟠渾渾而容
與登長嘯以夷猶兮康皎潔而觸牾感抃舞以委誠
兮耄失節而罔措徵執中以事譬兮色侃侃而愈嫵
諒合散之靡常兮豈得喪之有數委吾形於大順兮
昭惠弛而內顧踐康莊之夷軌兮黜徤羨而罔慕顧
天貞於玄玄兮鍵靈關以爲固尋至道之所歸兮去

性根之蝨蠹念英葉之難再兮惜吾年之云暮全所守以解膠兮結余轡于馳騖逍遙乎無爲之圃兮采芝英以芣茹滌瑕垢以保躬兮依名德之爲據寄遯情於沖漠兮將弭節乎藝圃激玄冥以漱潤兮伏神雀於丹淵掉蒼龍使騰踔兮執白澤俾潛藏御飈輪以登太淵兮叩招搖以周旋斟瑶池之縹醑兮與大椿而論年嗟蕣英之卒卒兮徒掩抑於逝川精銷委以鮐顰兮玄領忽以白顛惟守中以返朴兮詎索隱之是專矚雲霞而游目兮味泰和以自堅屏紛濁以

純一兮郤智慧而俱捐警夙宵以康神兮祗吾性之所天既命義之醲醨兮置休戚於自然泊虛舟於回渚兮逝將返乎故土問耕鑿於沮溺兮綸陵陽之綱緒食所力以保終兮企優游於末路希幼安之靖共兮濯清泠而遊豫風颯颯而淒厲兮凜蒹葭之霜露蹇躓豈其願兮權輪亦吾所深懼求正志之所蘊兮庶無忝於祖武亂曰已矣乎吾誰適與歸荆塗莽莽日耘治兮灌溉根芽長荄茲兮守質養素不傾欹兮外息驕吝內自怡兮明明在上毋我欺兮超然而存

無所爲兮誠心不疚允耆頤兮

畫枯木賦

虞集

夫誰畫此枯樹兮臨不食之散泉旣偃蹇又齧食兮骨岸岸以弗妍想執筆以極思兮忽機釋而神旋遺衆壞於塹有勒不毀之所全或堊去於斤運或石泐於溜穿滃無雨以如晦怳非覞而能圓瀸黝如其旣失旋蒼然而在前命以物而不可孰秋春而論年噫吁嘻被華以毛膏膚用丹背爲流眩顧當注次獨何爲託寂寞於無意而刻畫其不傳者邪

傷巳賦

馬祖常

嗟余生之多憂兮幾顛蹈而數窮誓纘言以自見兮力遲古之高風呼黄龍以駕我伻黄使使爲期何九稼之不一獲兮尚偃蹇而如茲豈剞劂之有不善兮將世德之下賢薦芻茭於宗器兮綴履綦以璣環封敦旄以塊秦岱山兮謂泯濫其莫涯冠髫童以弁冕兮問禮意而莫支決大疑於淫鬼兮憑巫傳以度揆顧聖言之鞿靮兮指綱維爲械意懶相道之無明兮去一髮之幾希稅吾車之莫騁兮膠吾口而難辭懲前

悔之不憚兮配古道其或可思一旦捨此而改圖兮念後余之病我日浚惡以啓堙兮患世之屏經而好權邅歧蹊之多迷兮世或謂其固然抱昌辭以適與我兮俟來學以偕行辨百家之紕紛兮孰察余之衷情亂曰我涉太波孰爲航兮我載大塗孰爲箱兮古聲喤喤金石之揚兮世無倀兮

感志賦

李好文

何天地之寥邈兮眇予生之有身履黄坤之慱厚兮仰玄覆以無垠壟衆金於大冶兮偶形留夫粹質苟

莫邪而弗自砥兮固鉛敞之所同服掌予若之佺侗兮承鞠訓予自宮佩非善而罔繫兮服非惠而匪躬擘余華之申申兮斲余鱎之容容擷秋圃之日精兮濯淤漣之荷華卻穠李而弗御兮刴蘅臭其焉加歲翩翩其不君兮首元服以及冠恐罔兩之掞余兮鬧面墻而無見思假道于書林兮求孔氏之高明遵文衢之逶迤兮愈多岐之縱橫昒懺怳而莫適兮從文公而徵詞曰爾神潛而志栖兮終必達夫所期果服言以從事兮竊十年而戾之覽天庭以游目兮又欲

窮夫四遐觀百氏之原委兮究異說之貞訛泝太初之無始兮循三王之不頗總條理于一聖兮固馴致夫中和洎余有志于古人兮懼脩名之壘壘忘漆雕之自信兮慒學優之有得謂青雲其可力而致兮謂時命之可弋輙余行之吉日兮遂觀國乎上京指閶闔以徑進兮奄長風而北征眩天都之雄麗兮非下土之能名信魚龍之所混并兮亦名利者之爲場余既初無赫赫兮又何適夫煌煌翺捷步之高才兮豈扶服之能躅挈桔槔之瀕仰兮恐祈榮而罹辱夫何

衆之熙熙兮我獨約兮而爲德資章甫以適越兮固
前脩之所爲戢殘王羞以燎桂兮囊日索而焉留有
東昏之故居兮盍歸來之爲謀浮輕舟以南下兮亂
海淀之交流返弊廬以窮處兮迄于今一紀其將及
晝于茅於南畝兮宵索綯而未息傷鶺鴒之原居兮
慮鴟鴞之無室遠子荆之有美兮羌終棄乎草澤余
非昧而至愚兮誠有徵乎前哲聞耕穫于道德兮內
懷寶以自珎豈畎畝之足樂兮問闇漠而無聞昔樊
須之請稼兮廼獲誚於聖人摯冥冥其鴻飛兮猶穉

米乎有莘溺耦沮之不反兮又奚足與爲羣悲此志之未伸兮秉經德之不回心飛揚而披離兮晝日夜而疚懷亂曰鹿之期奔兮其足跂跂河魚衝波兮乃窺其尾物終必反兮有張斯弛徃不必求兮來者是竢庳不隨阿兮險不期詭貞途安行兮不易厥止優哉游哉兮于以自矢

騷

白雲辭　二章　　劉因

白雲凝情兮佩月光白露結彩兮明幽芳衆星皎皎

兮水波不揚渺予思之若遇兮耿在目兮而不忘音容著兮形無方肅予中立兮四無旁予毋歸來兮山高水長

白雲高飛兮杳不可尋靈風長往兮聲不在乎幽林皎月東生兮忽西沉玄鶴何逝兮遺之音予思未及兮實懷我心儵萬里兮捐所歆曠同游兮啓雲襟子毋歸來兮幽水深

悠然閣辭　　袁桷

鄮之西兮峰園圜虎豹屹兮雄姿綏蜿蜒兮紫曳旌

駊騀兮虹垂之人兮槃阿畏羲娥兮高馳築虛觀兮虛明手參差兮以娛棟隆兮示背榮翼兮聳喙鑑匯雪兮鄱之區捄有七兮日蘙采菊兮黃裳緝萸兮紫囊芳冥冥兮夕暉憺獨睇兮擬所思雲飛英兮山之阜爲予留兮不遐以處秉貞兮神專觴彌劇兮益完山中之樂兮不可以久遲予返兮悠然

垂綸亭辭

袁桷

漢滔流兮日傾東滄浪兮泠泠蹇一士兮沈冥垂芒鍼兮不屑以曾明玕兮貝宮朱柯蔚兮青葱魚戢鱗

以爲衛兮龍騰章以屏氣謝娟嬛之嘗巧兮口垂沫以縱恣吾寧養之以歲年兮寶祕欝而不宣豈直鉤以違衆兮守釣道之自然時至而迅舉兮匪荒幼之詭誘保貞志以遂初兮考銘言于耆叟時俗耿其莫同兮永願訖依夫前聖之所究宋誠夫都中人舊見所爲文深器偉桷與南宫考士得其文不置後果爲進士第一垂綸亭足以見其初志云

雲山辭　王士熙

山氤氳兮出雲又泠泠兮以雨倏日出兮雲飛山青青兮極浦横浮雲兮水粼粼搴杜若兮采白蘋葺荷

宇兮桂爲棟臨江睪兮悵懷人

元文類卷之一終

元文類卷之二

元

趙郡蘇天爵伯修父編次
太原王守誠君實父較訂

樂章

郊祀樂章

皇帝入中壝出入小次　黄鍾宫

赫赫有臨洋洋在上克配皇祖於穆來饗肇此大禋

乾文弘朗祓衮圜丘巍巍玄象

皇帝盥洗　黄鍾宫

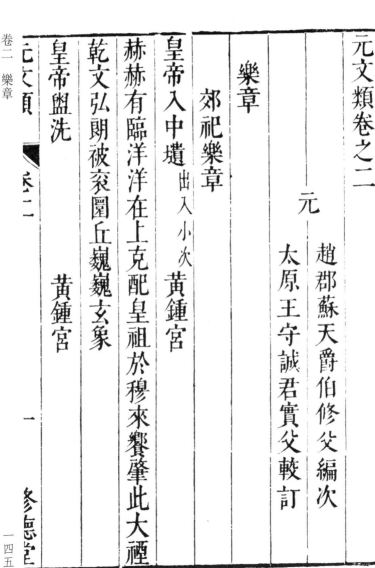

翼翼孝思明德洽禮功格玄穹有光帝始著我精誠
潔兹薦洗弊玉攸奠永集嘉祉
皇帝升壇降同　大呂宮
天行惟健盛德御天日月龍章箕簴宮縣蕡韎尚明
禮璧蒼圜神之格思香升燔煙
迎神　圜鍾宮六變
烝哉皇元丕承帝眷報本貴誠于郊殷薦蕡韎載陳
雲門六變神之格思來處來燕
初獻盥洗　黃鍾宮　隆成之曲

肇禋南郊百神受職齋戒惟先匪馨于稷迺沃迺盥
祠壇是陟上帝監觀其儀不忒

初獻升壇降同　大呂宮

於穆圜壇陽郊奠位孔惠孔時吉蠲爲饎降登祗若
百禮既至願言居歆允集熙事

正　奠玉幣　黃鍾宮　欽成之曲

謂天蓋高至誠則格克祀克禋駿奔百辟制幣斯陳
植以蒼璧神其降康俾我多益

司徒捧俎　黃鍾宮　寧成之曲

我牲既潔我俎斯實笙鏞克諧籩豆有飶神來宴娭
歆茲明德永錫繁禧如幾如式

昊天上帝位酌獻　黃鍾宮　明成之曲

於昭昊天臨下有赫陶匏薦誠馨聞在德酌言獻之
上靈是格降福孔皆時萬時億

皇地祇位酌獻　大呂宮

至哉坤元與天同德函育群生玄功莫測合饗圜壇
舊典時式申錫無疆聿寧皇國

太祖皇帝位酌獻　黃鍾宮

禮大報本郊定天位皇皇神祖及始克酌至德難名
玄功宏濟帝典式敷率育攸暨
皇帝飲福酒　大呂宮
特牲享誠備物情質上帝居歆百神受職皇武昭宣
孝祀芬苾萬福攸同下民陰隲
皇帝出入小次　黃鍾宮
惟天爲大惟帝饗帝以配祖考肅賛靈祉定極崇功
永我昭事升中于天象畢至止
文舞退武舞進　黃鍾宮　和成之曲

羽籥既蹉載揚玉戚一弛一張匪舒匪棘八音克諧
萬舞有奕永觀厥成純嘏是錫

亞終獻　黄鍾宫

有嚴郊禋恭陳幣玉大糦是承載祇載肅上帝居歆
馨香既飫惠我無疆介以景福

徹籩豆　大吕宫

三獻攸終六樂斯徧既右饗之徹其有踐洋洋在上
默默靈眷明禋告成於皇錫羡

送神　圜鍾宫　天成之曲

神之來歆如在左右神保聿歸靈斿先後愜愜上圜
無聲無臭日監孔昭思皇多祐

望燎位　黃鍾宮

熙事備成禮文郁郁紫煙聿升靈光下燭神人樂康
永膺戩穀祚我丕平景命有僕

皇帝出中壝　黃鍾宮

泰壇承光寥廓玄曖暢我揚明饗儀惟大九服敬宣
聲教無外皇拜天祐照臨斯届

太廟樂章

皇帝入門　無射宮　順成之曲

熈熈雍雍六合大同維皇有造典禮會通金奏王夏

祇欵神宮感格如響嘉氣來叢

皇帝盥洗　無射宮　順成之曲

天德維何如水之清維水内曜配彼天明以滌以濯

犧象光晶孝思維則式薦忱誠

皇帝升殿降同　夾鍾宮　順成之曲

皇明燭幽沿時制作宗廟之威降登時若趨以采茨

聲容有恪曰藝曰文監兹衎樂

皇帝入小次 出同　　無射宮　昌寧之曲

於皇神宮象天清明肅肅來止維維公卿威儀孔彰
君子攸寧神之體之綏我思成

迎神 九成　　黃鍾宮　思成之曲

齊明盛服冀冀靈眷禮備多儀樂成九變烝烝孝心
若聞且見肸蠁端臨來寧來燕

初獻盥洗　　無射宮　肅寧之曲

酌彼行潦維挹其清潔齊以祀祀事昭明肅肅辟公
沃盥乃升神之至止歆于克誠

初獻升殿降同　夾鍾宮　肅寧之曲

祀事有嚴太宮有侐陟降靡違禮容翼翼籩豆旅陳
鍾磬翕繹於昭吉蠲神保是格

司徒捧俎　無射宮　嘉成之曲

色純體全三犧五牲鑾刀屢奏毛炰胾羹神具饜飫
聽我磬聲居歆有永胡考之寧

太祖法天啟運聖武皇帝第一室　開成之曲

天扶昌運混一中華爰有真人奮跡際天開宇
亘海爲家肇脩禮祀萬世無涯

睿宗仁聖景襄皇帝第二室　武成之曲
神祖創業爰著戎衣聖考撫軍代行天威河南底定
江此來歸貽謀翼子奕葉重輝
世祖聖德神功文武皇帝第三室　混成之曲
於昭皇祖體健乘乾龍飛應運盛德光前神功耆定
澤被垓埏貽厥孫謀何千萬年
裕宗文惠明孝皇帝第四室
天啟深仁須世而昌追惟顯考敢後光揚徽儀肇舉
禮備音鏘皇靈鑒止降釐無疆

順宗昭聖衍孝皇帝第五室　慶成之曲

龍潛于淵德昭于天承休基命光被絃埏洋洋如臨籩豆牲牷惟明惟馨皇祚綿延

成宗欽明廣孝皇帝第六室

天開神聖繼世清寧澤深仁溥樂協韶韺宗支嘉會氣和惟馨緐釐來格永被皇靈

武宗仁惠宣孝皇帝第七室　禧成之曲

紹天鴻業繼世隆平惠孚中國威靖邊庭厥功惟茂清廟妥靈歆兹明祀福祿來成

仁宗聖文欽孝皇帝第八室　歆成之曲

紹隆前緒運啟文明深仁及物至孝躬行惟皇建極
盛德難名居歆萬祀福祿崇成

明宗翼獻景孝皇帝第九室　永成之曲

倚那皇明世纘神威敬天弗違時潛時旅龍旂在途
言受率土不遐食臨水錫多嘏

英宗睿聖文孝皇帝第十室　獻成之曲

神聖繼作式是憲章誕興禮樂躬事烝嘗翼翼清廟
燁有耿光于千萬年世仰明良

皇帝飲福酒

穆穆天子禋祀太宮禮成樂備敬徹誠通神胥樂只錫之醇醲天子萬世福祿無窮

文武退武舞進

天生五材孰能去兵恢張鴻業我祖天聲干戈屈盤濯濯厥靈於赫七德展也大成

亞獻 終獻同 無射宮 肅寧之曲

幽通神明所重精禋清宮肅肅百禮具陳九昭克諧八佾侁侁靈光昭答天休日申

徹籩豆　夾鍾宮　豐寧之曲

籩豆芬苾金石鏘鏗禮終三獻樂奏九成有嚴執事
進徹無聲神保聿歸萬福來寧

送神　黃鍾宮　保成之曲

神主在室神靈在天禮成樂闋神返幽玄降福冥冥
百順無愆於皇孝思于萬斯年

皇帝出廟庭　無射宮　昌寧之曲

緝熙維清吉蠲致誠上儀具舉明德薦馨已事而竣
歡通三靈先祖是皇來燕來寧

社稷樂章

降神 二成 林鍾宮 鎮寧之曲

以社以方國有彝典大哉元德基祚綿遠農功萬世於焉報本顯相默祐降監壇壝

降神 二成 太簇角 鎮寧之曲

錫民地利厥功甚溥昭代典禮淸聲律呂穀旦于差洋洋來下相此有年根本日固

降神 二成 姑洗徵 鎮寧之曲

平厥水土百穀用成長扶景運宜歆德馨五祀爲大

千古舉行感通肸蠁登歌鎮寧

降神 二成 南呂羽 鎮寧之曲

幣齊虔修粢盛告備倉庚坻京繄誰之賜崇壇致恭

幽光孔邇享于精誠休祥畢至

初獻盥洗 天蔟宮 肅寧之曲

禮備樂陳辰良日吉杷彼罇罍馨哉黍稷濯漑揭虔

維巾及冪萬年嚴祀蹌蹌受職

初獻升壇降同 應鍾宮 肅寧之曲

春祈秋報古今彝章民天是資神靈用彰功崇禋嚴

人阜時康雍雍爲儀燔芬苾香

正配位奠玉幣　太蔟宮　億寧之曲

地祇饗德稽古美報幣帛斯陳圭璋式纁載烈載燔

肴羞致告雨暘時若丕圖永保

司徒捧俎　太蔟宮　豐寧之曲

我稼旣同群黎徧德我祀如何牲牷孔碩有翼有嚴

隨方布色報功求福其儀不忒

正位酌獻　太蔟宮　保寧之曲

異世同德於皇聖造降茲嘉祥衛我大寶生乃烝民

侔德覆燾厥作祼將有相之道

配位酌獻　太蔟宮　保寧之曲

以御田祖皇家秩祀有民人焉盍究本姑惟敘惟修

誰實介止酒旨且多盛德宜配

亞終獻　太蔟宮　咸寧之曲

以引以翼來處來燕豆籩牲牢有楚有踐肅答神休

身亦錫羨上穀是依成此醻獻

徹豆　應鍾宮　豐寧之曲

文治修明相成田功功爲特殊儀爲特隆終如其初

誠則能通明神毋忘時和歲豐

送神

不屋受陽國所崇敬以興來歲苞秀堅穎雲軿莫駐

神其諦聽景命有僕與國同永

望瘞位　太蔟宮　肅寧之曲

雅奏肅寧緐釐降革篚厥玄黃丹誠烜赫肇祀以歸

瞻言咫尺萬年攸介丕承帝德

先農樂章

降神　二成　林鍾宮　鎮寧之曲

民生斯世食爲之天恭惟大聖盡心於田仲春劭農
明祀吉蠲馨香感神用祈豐年

降神 二成 太蔟角 鎮寧之曲

耕種務農振古如兹爰粒烝庶功德茂垂降嘉奏艱
國家攸宜所依惟神肅潔明粢

降神 二成 姑洗徵 鎮寧之曲

俶載平疇農功肇敏千耦耕耘同徂隰畛田祖丕靈
爲仁至盡豐歲穰穰延共有引

降神 二成 南呂羽 鎮寧之曲

群黎力耕及寧方春雖時東作篤我農人我黍宜華
我稷宜新由天降康永賴明神

初獻盥洗　太蔟宮　肅寧之曲

泂酌行潦眞足爲薦奉兹潔清神在乎前分作甘霖
沾溉芳甸愼于其初誠意攸見

初獻升壇降同　應鍾宮　肅寧之曲

有椒其馨維多且旨式愼爾儀降登庭止黍稷稻粱
民無渴飢神嗜飲食永綏嘉祉

正配位奠玉幣　太蔟宮　億寧之曲

奉幣維恭前陳嘉玉聿昭盛儀肅雝純如南畝深耕麻麥禾菽用祈三登膺受多福

司徒捧俎　太蔟宮　豐寧之曲

奉牲孔嘉登俎豐備地官駿奔趨進光輝肥碩蕃孳歆此誠意有年斯今均被神賜

正位酌獻　太蔟宮　保寧之曲

寶壇巍煌神應如響備腯咸有牲體苾芳洋洋如在降格來享秉誠罔怠群生瞻仰

配位酌獻　太蔟宮　保寧之曲

酒清斯香牲碩斯太具列觴俎精意先會民命惟食
稗莠毋害我倉萬億神明攸介

亞終獻　太蔟宮　咸寧之曲

至誠攸感肸蠁潛通百穀嘉種爰降時豐祈年孔夙
稼穡爲重俯歆醴齊載揚歌頌

徹豆

有來雍雍存誠敢匱廢徹不遲靈神攸嗜孔會孔時
三農是宜眉壽萬歲穀成丕乂

送神　林鍾宮　鎮寧之曲

焄蒿悽愴萬靈來唉靈神具醉聿言旋歸歲豐時和
風雨應期皇圖萬年永膺洪禧

望瘞位　太蔟宮　肅寧之曲

禮成文備歆受清祀加牲兼幣陳玉如儀靈御言旋
面陰昭瘞集兹嘉祥常致豐歲

釋奠樂章

降神　黃鍾宮　凝安之曲

天縱之聖集厥大成立言垂教萬世準程廟庭孔碩
尊俎既盈神之格思景福來并

初獻盥洗　　姑洗宮　　同安之曲

神既寧止有孚顒若罍洗在庭載盥載濯匪惟潔修

亦新厥德對越在兹敬其維則

初獻升階降同　　南吕宮　　同安之曲

大哉聖功薄海内外禮隆秩宗光垂昭代陟降在庭

攝齊委珮莫不肅顒洋洋如在

奠幣　　南吕宮　　明安之曲

圭衮尊崇佩衿列侑籩豆有楚樂具和奏式陳量幣

駿奔左右天睠斯文繫神之佑

文宣王位酌獻　南呂宮　成安之曲

惟神監格享于克誠有樂在縣有碩斯牲奉醴以告嘉薦惟馨綏以多福永底隆平

兖國公位酌獻

潛心好學不違如愚用舍行藏乃與聖具千載景行企厥步趨朝食作配祀典弗渝

鄒國公位酌獻

洙泗之傳學存性命力距揚墨以承三聖遭時之季孰識其正高風仰止莫不肅敬

亞終獻　　姑洗宮　　文安之曲

廟成奕奕祭祀孔時三爵具舉是饗是宜於昭經訓
示我民彝紀德報功配于兩儀

送神　　黄鍾宮　　凝安之曲

禮成樂備靈馭其旋濟濟多士不懈益虔文教兹首
儒風是宣佑我皇家億載萬年

四言詩

致樂堂詩

致樂堂者集賢待制周君之所以奉母者也蜀郡虞

集爲之賦詩曰

翼翼新堂有闓有房人人來居既安既舒既好既寧載燠載凊言闢于門以寫我誠有齊其馬有伉其軒爲子來者允貴且賢貴容舒遲賢有令儀爾因爾宗先君之思翕爾兄弟具干嘉旨我飲我食先君之子詩言柔溫禮言著存我撫我惠先君之孫樂哉誰氏維周壽毋疇克致茲周南仲子君子善頌文則多有又永歌之以導燕喜

萬戸張公廟堂詩

虞集

大德辛丑昭勇大將軍河南征行萬戶鎮通洲張公以其兵從征緬死之通人作廟以祀公三十年間朝之公卿大夫士能爲文章者莫不爲之有所製作泰定丁卯公子御史亦俾子賦之集以爲征緬事始末在朝諸君子則知之矣通州僻在江海之際其人何自知之况久遠乎且不著夫狂夫首禍之故成宗皇帝聖明卒致其罪則公所以不肯墮其搆陷必甲胄以死之意亦終不白於通人之將來也故稍原其始而道之庶其有考也詩曰

於赫世皇並用豪傑一定宇内櫜厥戈甲既久既安
成宗繼之祖功莫加道在守持狂夫興謀以動相國
曰昔祖宗咸尚戰克萬方悉來史皆前能我獨無名
曷稱繼承蠢彼西南翳叢負固聚落八百各統女婦
人強善驕馬具競豪豢豕于牢黃金飾糟取而有之
富可足用赫乎功多以世智勇相臣以聞天子曰嘻
有是言哉汝其試之狂謀既售諫言不入既賦軍實
弓鉞仍戢餽饟啟行萬里騷然飢危蹈毒未戰已捐
番番名將天子爪士鎮于江滸天子所使狂夫忌之

承制驅之詎思國謀徒逞厥私將軍慨言死我臣職可陷者身不陷吾直見制鄙庸豈我召兇心知無還況與立功與其矯誣死彼狂手孰與奮擊不喪吾守孤旅轉戰身入不回殺僇既多身卒死之三軍失聲萬士喪氣孰明公心君門萬重裹革東歸遥遥江壖部曲候迎悲風旆纏民懷其忠士感其儀虎奮鷹揚如見其至卜廟得吉東望際海神來妥之有永無壞狂夫辱國天子震怒立呼狂豎斬以大斧狂罪則誅死事奈何褒封哀榮百世不磨豈惟不磨元嗣御史

既有兄弟又多孫子奕奕勲門秩秩良材天之報忠豈有涯哉

元文類卷之三

元　趙郡蘇天爵伯修父編次
太原王守誠君實父較訂

五言古詩

箕山

元好問

幽林轉陰崖鳥道人跡絕許君棲隱地唯有太古雪
人間黃屋貴物外柢自潔尚厭一瓢喧重負寧所屑
降衷均義禀汩利忘智決得隴又望蜀有齊安用薛
干戈蠻觸幾宇宙日流血魯連蹈東海夷叔采薇蕨

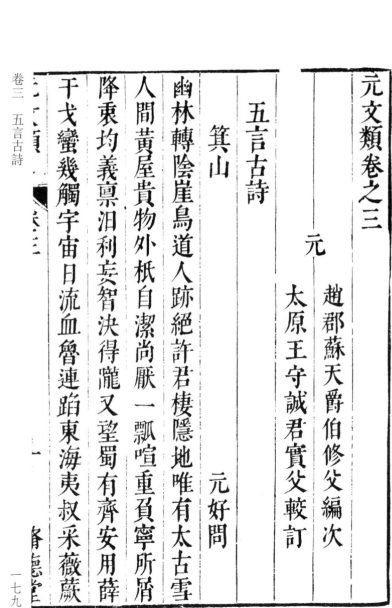

至今陽城山衡華兩丘垤古人不可作百念肝肺熱
浩歌北風前悠悠送孤月

古意　劉祁

庭前有桂樹綠葉尚離披秋風動地起飄落將安歸
高飛入青雲下飛入汙泥貴賤旣偶爾孰爲喜與悲

又　劉祁

秋江有芙蓉顏色好鮮潔褰裳欲采折水深不可涉
巖風下飛霜芳艶空凋歇悵望一長嘆臨川無桂檝

懷長源　劉祁

涼月夜如水秋風吹紫蘭獨居悵無聊佳人阻河山
山河邈千里相望何時已雲横鴈影沉露下蟲聲起
烽火照中州西南殺氣浮君居劉山下果若向時不
人生有離别但惜知音絶匣内卧青蛇光芒射秋月
汴水碧參差葉飛空樹枝如何相憶處還直暮秋時

送雷伯威　劉祁

朔風起天末落木鳴空山冰霜正凝沍游子百里還
山郭送將别徘徊上高原如何睽離情對此芳歲闌
壯士至四方不須涕泗瀾人生非山海會面亦不難

願子崇明德餘功振文翰長因東南鴻惠我金玉言

觀主人植槐　李冶

主人有佳樹移植庭之隅繁柯雖剪去不敢觸根株朝溉復夕灌乳井幾成枯諷諷角弓詩古人能起予愛樹尚如此愛士當何如

南山有高樹　林景熙

南山有高樹寒烏夜繞之驚秋啼聊聊風撓無寧枝託身未得所振羽將逝兹高飛犯霜露低飛觸茅茨乾坤豈不容顧影空自疑徘徊向殘月欲墮已復支

僊臺　劉因

碣石來海際西南奄全燕中有學僊臺燕平欲升天燕平骨巳朽遺臺有相傳雖復生青松歲久摧爲煙極目望海波不見三山巔三山巨鼇簪山人蟣蝨然使無不足論信有亦可憐大塊如洪鑪金石能久堅天地會有盡何物爲神仙空山無笙鶴落日下飢鳶今古非一臺浩嘆秋風前

黃金臺　劉因

燕山不改色易水無新聲誰知數尺臺中有萬古情

區區後世人猶愛黃金名黃金亦何物能爲賢重輕
德輝照九仭鳳鳥纔亦鳴伊誰厲鳳棄坐見飢鳶爭
周道日東漸二老皆西行養民以致賢王業自此成
黃金與山平不救兵縱橫落日下荒臺山水有餘清

馮瀛王吟詩臺　劉因

林壑少佳色風雷有清秋爲問北山靈吟臺何久留
時危亦常事人生足良謀不有撥亂功當乘浮海舟
飄飄扶搖子脫屣雲臺游每聞一朝革尚作數日愁
朝廷乃自樂山林爲誰憂覷彼昂昂駒柰此汎汎鷗

四維旣不張三綱遂橫流坐令蚩蚩民謂茲聖與儔
蚩蚩尚可恕儒臣豈無尤不有歐馬筆孰能回萬牛
太行千里來瀟灑橫中州今朝此登臨孤懷漲巖幽
何當剷疊嶂一洗它山羞

西山　　劉因

西山澹無姿中有羲皇前翩思大古人事業何不傳
三墳亦何罪世遠成灰煙紛紛後來人暮死爭朝妍
勳名史一策學術文千篇古人豈不然後有無窮年
惟餘方寸心天地相後先

晨起書事 丁丑五月十八日 劉因

蒼星彗明河三月麗朱方兩月忽散落一月留中央下有五星連西近東少張仰面東北隅流星墜彩芒誰令月有瘦飄摇及吾窻須臾日東生有星環四旁一星當日中佇視摇晶光自北忽西旋老陽已榆桑西北雲一縧翠暈揚淸芳嫩雲生碧蘚得句聲琅琅俄見雲有魚其大丈許長火繩紛繞之昻然欲飛揚呼友與共觀此境已茫茫雲樞夢爲病周官夢爲祥寤言札諸閭庸俟知者詳

種松

劉因

萬牛來丘山大厦高崔嵬當年誰苦心遺此千歲材
手持百松子與之備傾頽殷勤囑造物爲護荒山隈
今來見豪末喜溢蒼煙堆十年望根立百年排風雷
自此千萬年再見明堂開東家十年計戢戢千頭栽
豈不早有望求此良悠哉

翟節婦詩

劉因

昔金源氏之南遷也河朔土崩天理蕩然人紀爲之
太擾誰復維持之者而易之西山乃有婦人曰翟氏

年二十餘其夫從軍死於所事出入兵刃往復數百里晝伏夜行以其尸歸負土而葬之既葬自以早寡無子遭時如此思以義自完乃自決於墓側隣里救而復蘇終始一節今八十餘年矣夫人心之極有世變之所不能奪者於此亦可以見之予聞之爲作是詩俾其外孫田磐刻之石或百世之下有望燕山而歌予詩者使翟之風節凜然如在亦庶幾乎吳人河女之章焉

兵塵浩然際烈士難自全婦人無九首志欲不二天

燕山翟氏女既嫁大防邊一朝聞死事健婦增慨然
生有如此夫早寡非所憐求尸白刃中負土家山前
事去哀益深義盡身可捐無兒欲何爲所依惟黃泉
鄉隣救引决烈日丹衷懸誰辯節孝翁重賦睢陽賢
我昨過其鄉山水猶清妍閑風髮如竹飄蕭動疎煙
千年吟詩臺峩峩太寧巓爲招馮太師和我節婦篇
太寧山有馮道吟詩臺距翟居甫數十里

寄蕭徵君惟斗　　盧摯

秦中幽勝地廼在終南山磬石負磊磊清泉散潺潺

侃侃古君子亹亹泉石間圖史紛坐隅衡門晝長關

種菊餐落英襲芳佩秋蘭道腴德克符怡然有餘歡

鳴鶴時一來似愛孤雲閒孤雲不能飛鳴鶴遂空還

濈濈桃李艷鬱鬱松栢寒羲和馭春光歲晏霜露繁

感物有深儆懷哉邈難攀

姚嗣輝南榿堂　　姚燧

彼榿有土性生植惟峩峩欒欒干雲姿才與樗散隣

匠石過不睨煬夫取蒸薪所貴故山樹寧計世莫珍

一別十畝陰清溪俄幾春筆名堂楣上如對故鄉親

請事小弁詩桑梓亦惟寅盛德古自卑木惡何關人
不見樗里疾智囊終相秦君才負棟桯未許溝斷均
無以橙自期上孤明堂晨

荀宗道

蔚州元氏怡齋

八元乃八龍嶷若瓊樹林難兄復難弟感激恩義深
室家宛相好如鼓瑟與琴翩翩鴻鴈行鏘鏘鸞鳳音
二王一品題價重雙南金終當仕虞朝藹然列華簪
要在風俗淳不異古與今他人有兄弟聚散如飛禽
閲墻不相能干戈日相尋尺布斗粟謠行路爲傷心

棠棣廢已久角弓義湮沉因書怡齋詩以爲友于箴

蔚州元氏兄弟八人皆秀而文義居無間言故牓其所居之室曰怡齋諸名公皆有詩西溪秋澗其首倡也

古風　　趙孟頫

詩亡春秋作仲尼蓋苦心空言恐難託指事著以深大義柄如日萬古仰照臨鳳鳥久不至楚狂乃知音愁來不得語起坐彈吾琴

其二

周衰有戰國紛紛極荆榛黄金聘辯士駟馬迎從人

朝爲刻骨讐暮作歃血親終然志力屈奉身俱入秦

其三

相如賦大人出語頗可怪飄然凌雲意過耳誠一快
誇言入無際自覺塵俗隘安知翻成勸何用名爲戒

其四

自有天地來蓬萊幾淸淺人生空高首舉世誰得見
瑤臺在何許渺渺煙波遠方舟不可渡使我空展轉

其五

絕代有佳人被服綺與紈蛾眉秀聯娟吐詞馥若蘭

清歌啓皓齒瑤琴發哀彈一彈再三嘆聽者涕汍瀾
借問誰家子爲言本邯鄲

其六

秋風吹庭樹故葉紛已墜明月耿夜長草蟲促經緯
四序苦不淹少壯何足貴展轉復展轉寤寐不能寐
昔爲閨中秀今作市門鄙豈無膏與沐甘心得憔悴

其七

山深多悲風日暮愁我心玄雲降寒雨松栢自哀吟
人生百年後奄然閟重陰念此每不樂天路何由尋

僊人偓佺輩消遥在青岑奈何不爾思委命重黃金

其八

海中有奇樹粲粲珊瑚枝由來植物性無物可推移

如何石氏子樹之白玉墀洛陽經幾戰金谷久荒夷

徒令千載下聞者爲傷悲

其九

烈風號枯條落葉滿周道原野何蕭索川流亦浩浩

離若日以遠懷思令人老功名會有時生世苦不早

頋瞻靡所騁憂心惄如擣

其十

浮雲何方來不知竟安之飄颻隨風去汗漫以爲期
自昔功名士往往事驅馳白駒空谷中誰能加縶維
皎皎難見容翻受世姸蚩虛名誠無益不見斗與箕

逸民詩　趙孟頫

驅車秣駑馬吾將適齊國聞有魯連子倜儻好奇畫
一談秦師走再說聊城拔功成不受賞高舉振六翮
布衣終其身豈復爲世役茫茫千載遠安往訪遺跡
躊躇東海上向風長太息

其二

四時相代謝，榮耀安足恃
瓜田引新蔓，不見桃與李
知士解其會，遇坎當復止
邵生故秦吏，乃亦睹茲理
賢哉感我懷，三嘆不能已

其三

子眞初亦仕，歲晚乃逃之
區區南昌尉，上疏忘其卑
忠言不見用，耿耿當告誰
飄然棄妻子，終身與世辭
抱關甘貧賤，所遺莫我知
至今九江濆，清風激羣黎
神仙信茫昧，此士獨不疑
孤雲無所在，逝水何時歸

遐思一矯首悵望無中期

其四

悠悠空山雲泱泱長江流廊廟竟不屑山澤聊淹留
故人在天位高步追巢由豈曰予無衣辛苦被羊裘
東京多節義之子乃其尤窮居雖獨善輔世豈不優

其五

汪汪千頃陂不爲人濁淸道周言行表蕩然無得名
誰言牛醫兒乃是人中英當時無間言後世流德聲
思之不可見使我鄙吝萌淳風久已漓此意豈復存

時無君子者雖賢寧見稱

其六

南州有高士食力事耕稼優游聊卒歲不矯亦不隘
大木行欲顛綈纚豈足賴何爲諸老翁栖栖不皇舍
斯其非無見明哲自高邁誰能懸一榻待子來稅駕

其七

鹿門何亭亭不有避世賢鳳雛隱中林卧龍蟠其淵
一朝起高翔斯人獨深潛功名不可爲我志久已安
一聞耆舊傳使我心悠然

其八

黃鵠羽翼長一舉思千里幼安本中原乘槎走東海
舉世方尚同遠引存吳志高風流異俗敦禮化鄰鄙
子魚平生友胡乃不相委

其九

塵事非所便田園久見招歸來三徑中蔚蔚長蓬蒿
雖有荷鋤倦濁酒且陶陶茫茫大化中委運將焉逃
唐虞去已遠由來非一朝粲粲霜中菊采采思其勞

有所思　趙孟頫

思與君別來幾見夫容花盈盈隔秋水若在天一涯
欲涉不可去茫茫足煙霧汀州多芳草何以采蘅杜
青鳥翔雲間錦書何時還君心雖匪石祇恐凋朱顏
朱顏不可再那能不惆悵何如雙翡翠飛去蘭苕上

雜詩　趙孟頫

四時更代謝物化常隨之春華曾幾何歲月忽如茲
嚴風動高樹百草俱已衰人生況有役憂患乃其宜
棄捐勿復念出入由化機安得松喬術邈焉世相違

知非堂夜坐　何中

前池荷葉深微凉坐來爽人歸一犬吠月上百蟲響余非洽隱淪隙地成偃仰林端斗柄斜撫心獨悽愴

擬古次韻　　安熙

鬱鬱巖下栢青青水中蒲巖前有幽人壯歲常獨居獨居亦何爲不羨春華敷十年掩關卧門庭盡荒蕪美人殊不來日夕聽軒車

其二

零零白露下巖谷悴芳蘭蘭悴不復辭誰與念時艱堅冰行復至雪深路漫漫愁絶將柰何撫几一長歎

其三

中州有寒士塊然守空堂清貧久有信壯懷殊未央
豈不願馳騁冒雪凌風霜振策萬里途超忽追鵬翔
永念同懷人湫在天一方悵望不可見慷慨發清商
獨處誰晤語百感攉衷腸人生信難必且莫徒悲傷

其四

采栢空巖下倚竹荒庭前人生非金石君心詎能堅
君心或有渝賤妾終不疏天地一瞬息今古一長途
借問離別苦君心竟焉如不見園中樹日日争華敷

秋風一夕至巳逐嚴霜枯歲晚不得去山空難久居

其五

崑崙一何高出此無窮河遥遥何所往不啻萬里多
一意在朝東日夕無停波遠游計不早壯志成蹉跎
夫君不我顧鬱鬱將如何覽物悟物變端居閲年華
興來展遐眺緩步空山阿四顧渺塵世杉栢紛森羅
吾樂誠何極憂子獨長嗟眷焉誰晤語一笑空煙羅

其六

人生有定分所貴能樂天自輕失所守欲進安敢前

思君重思君此情誰與宣舉頭見明月顧影徒自憐
終當謝塵世洗心聞澗泉

榆林對月　　虞集

日落次榆林東望待月出大星何煜煜芒角在昴畢
草樹風不起蛩蜩絕啁唧天高露如霜客子衣盡白
羸驂齕餘棧嫠婦泣空室行吟毛骨寒坐見河漢没
驛人趣晨征曈曈曉光發

月出古城東　　虞集

月出古城東海氣浮空濛車騎各已息宮闕何窮隆

牧馬草上露吹笳沙際風帳中忽聞鴈傳令彀雕弓

寄題周氏水木清華亭　虞　集

中流汎蘭枻望彼嘉樹林落日蕩野水浮雲生夕陰
魚游戀芳藻鳥鳴在幽岑爲樂恐易老吾將脱朝簪

趙千里出峽圖　虞　集

巨舟蹴峽口衆工志如一各以所操濟雖危萬無失
所憂至平曠玩肆生縱逸毋俾持釣翁倚岸三太息

出直次韻　虞　集

月下白玉階露生黄金井疏條栖鵲寒衰蕙流螢冷

戀闕感時康懷歸覺宵永晨鍾禁中來白髮聊自整

夜直賦得金鴨燒香　虞集

黄金鑄爲鴨焚蘭夕殿中窈窕帶斜月逶迤動微風綺席列珠樹華鐙連玉虹無眠待顧問不知清夜終

寄題新治亭　虞集

窈窕治亭暮蕭條江南秋汎覽山河外張樂鳳凰丘公子飛翠蓋美人回綵舟從兹至黄髮樂哉以忘憂

滋溪書堂爲蘇伯修賦　虞集

滋源恒伏流春雨川廼盈林疇廣敷潤草木俱繁榮

臨深見游鯈仰喬有鳴鶯君子樂在斯齋居託令名
積學抱沈默時至有攸行抽簡會史存采詩商頌并
禹穴追馬公湘江歌屈生紉蘭不盈握伐木有餘情
浩然欲浮海歸歟還濯清方舟我爲檝白髮愧垂纓

讀伯庸學士止酒詩

貢奎

今晨不可出大風吹我帷陋巷泥濕洳空墻雨淋漓
研朱課兒書冥思解羣疑敲門童子來袖有止酒詩
讀之至再三擊節喜且悲若飲以玄酒揖讓陶唐時
峩峩古冠裳執彼璋與圭短褐纔掩脛藜藿空忘饑

風雅久已衰作者微君誰嗟我重景仰老大將何爲

泗濱堂爲葢善長賦

王結

乘槎泝河源崑崙高不極楊舲浮沅湘重華阻靈覲興言游汗漫千里一瞬息靈氛許吉占歲晏果何適遄歸泗水濱築堂俯晴碧優游弦誦餘燕坐儼澄寂川流映天光翔泳咸自得悠悠千載心寥寥竟誰識

書上都學宮齋壁

馬祖常

齋居芹宮旁永日少人跡清心慕古躅簡編頗紬繹徒自傷迷民位卑力莫及苟祿亦可羞吾將反蓬蓽

節婦王氏　　范梈

妾年四三二始識月團團十二學女工刺繡如鴛鸞
十九嫁夫家事姑施衿鞶夫壻良家兒世籍爲王官
雖聯朱紫貴不習綺與紈過庭執詩禮開口若驚湍
風儀在一時爭作玉人看天地忽降毒摧折青琅玕
回首四十春景光若流丸貞心守松栢芳性軼芝蘭
落月簾帷曙西風機杼寒沉思往昔事淚下紅闌干
豪客至茅屋舉家竄林巒入房衛病姑身犯白刃攢
相向義憐釋視死色無難親知爲嘆息保社爲辛酸

欲與上州府爲妾旌門闌妾寔無所願所願在所安
婦人徙從人阿毋涕洟瀾送行遺之語敬順無違歡
匹偶固有時寧知憂患端辛苦蹈物變豈羨身獨完
殷勤謝舊故聞者摧肺肝

范墳詩　　李术魯翀

宋蜀郡開國公范鎮景仁謚忠文其一世盛德偉烈光著史籍人固知之其葬在襄城汝安鄉推賢里載東坡集中甚詳襄城故隸汝州翀來訪問故老其墳儼然故在已爲野夫豪農耕爲禾黍之區矣范氏當

金季猶有居墳左者自經兵燼不知所存撫事嘆閔
故爲作詩以紀其槩幸在官君子知其爲先賢遺壠
庶有以處之

忠文峩眉英始也跡甚微堂堂薛簡肅旟隼西南飛
其人古廉守肯持蒟醬歸所得一偉人天下大布衣
引以賓王家光映春官闈昭陵宋仁主前星久無輝
犯諱言所難雷雹毎霽威雄哉鍊石手妙補天巍巍
丞相江南來雲掩扶桑暉舊德陳苦辭往往阨謗譏
諸賢抗章疏弱卒攻堅圍公力斡禹鼎正氣砰黃扉

荆舒憤至骨斤語筆自揮贈之以蕙蘭何徃無芳菲
時公與司馬聲諧玉琴徽解冠挂神武甘老西山薇
九寓日脊脊赤子將疇依兩公幸無恙起拯䘏瘝幾
嗣君元祐初痛洗前人非民望屬司馬欲遯天爲譏
帝命起公卧門久車停騑君實了吾事此外何所希
清風溢寰海不啻嚴陵磯公既晚家許道德人所腓
襄城下封竈汝穎皆京圻我來訪遺壠名姓存依俙
來仍散兵燼雨雪無留霏公名在天下豈逐薤露晞
誰能禁耕牧盛事乘薪機吾力不足振感嘆徒歔欷

大明宮早朝　胡寛

蓬萊拂曙色熚煜舒祥光九儀肅清蹕日月開旂常
聖人握金鏡黼衮臨玉堂咸英備雅奏圭璧輯羣芳
歡燕洽湛露敷恩魚典龍章謳歌磬率土豈樂逢時康
典文極藻繢聲烈昭前王巍巍纘鴻緒萬年斯無疆

元文類卷之三終

元文類卷第四

元　趙郡蘇天爵伯修父編次
太原王守誠君實父挍訂

樂府歌行

湘夫人詠　元好問

木蘭芙蓉滿芳洲白雲飛來北渚游千秋萬歲帝鄉遠雲來雲去空悠悠秋風秋月沅江渡波上寒煙引輕素九疑山高猿夜啼竹枝無聲墮殘露

西樓曲　元好問

游絲落絮春漫漫西樓曉晴花作團樓中少婦弄瑶
瑟一曲未終坐長嘆去年與郎西入關春風浩蕩隨
金鞍今年疋馬妾東還零落芙蓉秋水寒并刀不剪
東流水湘竹年年露痕紫海枯石爛兩鴛鴦只合雙
飛便雙死重城車馬紅塵起乾鵲無端爲誰喜鏡中
獨語人不知欲插花枝淚如洗

征人怨　元好問

瀚海風煙掃易空玉關歸路幾時東塞垣可是秋寒
早一夜清霜滿鏡中

塞上曲　元好問

平沙細草散羊牛一簇征人在戍樓忽見隴頭新鴈過一時廻首望南州

梁園春　元好問

雙鳳簫聲隔綵霞宮鶯催賞玉谿花誰憐麗澤門邉柳瘦倚東風望翠華（龍德宮有玉谿館　麗澤燕都西門名）

征夫詞　劉祁

頑陰漠漠秋天黑冷雨瀟瀟和雪滴途中騎士衣裳單半夜銜枚赴靈壁中州近歲雨雪多只因戎馬窺

黃河將軍錦帳衣千襲馬上揮鞭傳令急但令飽煖度朝夕一死沙場吾不惜九重日望凱歌歸安知中路行逶迤願將舞女纏頭錦添作征人身上衣

征婦詞　劉祁

青釭熒熒照空壁綺窗月上莎雞泣良人沙塞遠從軍獨妾深閨長太息憶初癡小嫁君時謂君不晚擁旌麾如何十載尚輿隸東屯西戍長奔馳秋風戎馬臨關路千里持矛關上去公家事急將令嚴兒女私恩那得顧恨妾不爲金鞴靫在君腰下隨風埃恨妾

不為龍泉劍在君手內飛光歘慕君不得逐君行翠
袖爛斑空血染君不見重瞳鳳駕遊九疑蒼梧望斷
猶不歸況今沙場征戰地千人同去幾人回君回不
回俱未見妾心如石那可轉

留春曲　杜瑛

絮飛冷肩龍蟠玉花隕香摧鳳銜燭批頰深林叫新
綠倚闌人唱留春曲春光欲去如死灰明年暖風吹
又來何如日日長相守典衣共醉花前極殷勤留春
春不住白日西馳水東去鏡中絲髮柰老何君當持

盃我欲歌

楊白花　李冶

帝家迷樓春晝長紫笙吹破百花香蒲萄凝碧琥珀光燕語鶯啼空斷腸桃帷紅淚洒瀟湘玉鏡臺前添午粧茜羅綬帶雙鴛鴦胡蝶趂雪上釵梁千里萬里雲茫茫

空村謡　楊弘道

凄風羊角轉曠野埃塵腥膏血夜爲火望際光青熒頽垣俯積灰破屋仰見星蓬蒿塞前路瓦礫堆中庭

殺戮餘稚老疲羸行欲倒居空材問汝何以供朝昏氣息僅相屬致詞難遽言往時百餘家今日數人存項筐長鑱隨日出樹木有皮草有根春磨沃饑火水土仍君恩但恨誅求盡地底官吏有時猶到門

羽林行　楊果

銀鞍白馬鳴玉珂風花三月臙脂坡侍中女夫領軍子萬金買斷青樓歌少年羽林出名字隨從武皇偏得意當時事少遊幸多御馬御衣嘗得賜年年春水復秋山風毛雨血金蓮川歸來宴賀滿宮醉山呼摇

動東南天明昌泰和承平久北人歲獻蒲萄酒一聲長嘯四海空繁華事往空回首懸瓠月落城上墻天子死不爲降王羽林零落秪君在白頭辛苦越路傍腰無長劍手無槍欲語前事涕滿裳洛陽城下歲華暮秋風秋氣傷金瘡龍門流出伊河水北望臨潢八千里蔡州新起髑髏臺只合當年抱君死君家父兄徤如虎一旦倉皇變爲鼠錦衣新貴見莫嗤得時失時令人悲

金谷行　楊奐

洛陽園池天下無金谷近在西城隅晉時花草不復見野人猶解談齊奴齊奴豪奢誰比數酒酣愛擊珊瑚株後堂春風滿桃李中有一枝名綠珠千金買步障百金買氍毹時時吹笛替郎語雲牕霧戶長歡娛層階欲下須人扶豈料一日能捐軀紅飛玉碎頃刻裏空使行客悲躊躇樓頭小婦感恩死君臣大義當何如

桃源行　　劉因

六王掃地阿房起桃源與秦分一水小國寡民君所

憐賦役多慙負天子天家正朔不得知手種桃枝辨四時遺風百世尚不泯俗無君長人熙熙漁舟載入人間世却悔桃花露蹤跡曾聞父老説秦强不信而今解亡國畫圖曾識武陵溪飛鴻滅没天之西但恨於今又千載不聞再有漁人迷

明妃曲　劉因

初聞丹青寫明眸明妃私喜六宮羞再聞北使選絕色六宮無慮明妃愁妾身只有愁可必萬里今從漢宮出悔不别君未識時免使君心憐玉質君心有憂

在遠方但恨妾身是女郎飛鴻不解琵琶語秖帶離愁歸故鄉故鄉休嗟妾薄命此身雖死君恩重來時無數後宮花明日飄零成底用宮花無用妾如何傳去哀弦幽思多君王要聽新聲譜爲譜高皇猛士歌

塞翁行　劉因

塞翁少小壟上鋤塞翁老來能捕魚宋家昔日塞翁行屯田校尉功不如西山瀰海接千里長城又見開長渠要將一水限南北笑殺當年劉六符天教陂澤養鳬鷖留與金人賦子虛我來鄉國覽風土髣髴檛

鼓笛嗚嗚腦中雲夢忽巳失酒酣懷古皆平蕪昔年阻水羣盜居塞翁子孫殺欲無至今遺老向人泣前宋監邊無遠圖

武當野老歌　　劉因

南陽武當天下稀峰巒巧避山自迷青天飛鳥不可度但見萬壑空烟霏山不知人從太古白雲飛來天作主旌旗明滅漢陽津幾閱東西互夷虜老人住此今百年自言三世絕人烟往事不聞宣政後初心欲返羲皇前脯鹿爲粮豹爲席竹樹蒼蒼歲寒國天分

地拆保無憂惟見北風山鬼泣一聲白鴈已成擒回望丹梯淚滿襟傳語桃源休避世武陵不似武當深

燕歌行　劉因

薊門來悲風易水生寒波雲物何改色游子唱燕歌燕歌在何處盤鬱西山阿武陽燕下都歲晚獨經過青丘遥相連風雨暗嵯峩七十齊郡邑百二秦山河學術有管樂道義無丘軻蚩蚩魚肉民誰與休干戈往事已如此後來復如何割地更石郎曲終哀思多

白鴈行　劉因

北風初起易水寒北風再起吹江干北風三吹白鴈
來寒氣直薄朱崖山乾坤噫氣三百年一風掃地無
留錢萬里江湖想瀟洒佇看春水鴈來還

義俠行　王惲

予爲王著作劍歌行繼更曰義俠或詢其所以因爲
之解曰彼惡貫盈禍及天下大臣當言天吏得以顯
戮而著處心積慮一旦以計殺之快則快矣終非正
理夫以匹夫之微竊殺生之柄豈非暴豪邪不謂之
俠可乎然大姦大惡凡民罔不憝又以春秋法論亂

臣賊子人人得而誅之不以義與之可乎又且以游俠言古今若是者不數人如讓之止報巳私軻之劘軀無成較以此舉于尋常萬萬也凡人臨小利害尚且顧父母念妻子慮一發不當且致後患者之心孰謂不及此哉然所以略不顧藉者正以義激於衷而奮捐一身爲輕爲天下除害爲重足見天之降衷仁人義士有不得自私而巳者此著之心也何以明之事旣露者不去自縛詣司敗以至臨命氣不少挫而視死如歸誠殺身成名季路仇牧死而不悔者也故

以劍歌易而爲義俠云著字子明益都人少沉毅有
膽氣輕財重義不屑小節嘗爲吏不樂去而從軍後
與妖僧高北行假千夫長歸有此舉死年二十九時
至元十九年壬午歲三月十七日丁丑夜也
君不見悲風蕭蕭易水寒荆軻西去不復還狂圖秖
與螢蛛靡至今恨骨埋秦關又不見豫讓義所激漆
身吞炭人不識剸軀止酬一巳恩三刜襄衣竟何益
超今冠古無與儔堂堂義烈王青州午年辰月丁丑
夜漢允策秘通神謀春坊代作曾兩觀卯魄已褫曾

夷猶袖中金鎚斬馬劍談笑馘取姦臣頭九重天子爲動色萬命拔出顛崖幽陂陀燕血濟時雨一洗六合妖氛收丈夫百年等一死死得其所鴻毛輶我知精誠耿不滅白虹貫日霜横秋潮頭不作子胥怒地下當與龍逢遊長歌落筆增慨慷覺我髮竪寒飀飀燈前山鬼忽悲歔鐵面御史君其羞是月授南臺侍御史故云

田家謡　　魏初

五月軍回未有期不禁烟瘴入梔脾馬頭一骨還家日只有弓刀似舊時

懸瓠城歌　李材

我經懸瓠城試作懸瓠歌殘灰五百載懸瓠不復巢
有唐中葉失馭將退辱進危多詆謗淮西孽雛手持
天百萬官兵不敢傍長安市上晝殺人司隸走藏魂
膽喪晉公一語破紛紜意斷心謀神莫抗諫書不到
雙闕下詔檢初成九天上煌煌日月煥斧節慘慘風
雲動鞬韔殿前虓虎神策軍愬武通顔分玉帳夜深
雪花大於璧懸瓠城頭血埋伏寒威方勁弓百鈞淨
影不搖旗十丈巳曰猰貐山更沸再戮鯨鯢海無浪

蔡人不識緋衣兒劍氣磨天大丞相方城大將拜道左犀甲金戈光炫晃兇闐狡衆五十秋白日青天破昏障兒童不遺避介胄婦女爭來沽綠釀入朝論功功有差晉公之功無與讓英雄事往名器虛栗斯喘喌竟相尚外藩跋扈驕將侮中禁深嚴嬖臣詛山東何啻百火陽秦苑洛陽隨板蕩我歌懸瓠辭歌聲頗悲壯嗚呼唐之覆亡將誰尤後大角苦徒哀愴懸瓠城下汝水流懸瓠城邊牧笛唱懸瓠歌歌已終君不見豐碑野火化爲土悵望文公及晉公

水荒子歌

鮮于樞

水荒子日日悲歌向城市辭危調苦不忍聞妻孥散盡餘一身城中米貴丐者衆崎嶇一飽經千門城中昔食城外米城外人今食城裏耕者漸少田漸荒政恐明年不如此水荒子行歌乞食良不惡猶勝弄兵獄中死

水荒子聽我語忍死休離去鄉土江中風浪大如山蛟鱷垂涎寧貫汝路傍暴客掠人賣性命由他還更苦北風吹霜水返壑稍稍人烟動墟落賑濟欲下逋

負除比著當年苦爲樂水荒子區區吏弊何時無無聞早還鄉事東作

湖上曲　鮮于樞

湖邊蕩槳誰家女綠慘紅愁問無語低回忍淚並人船貪得纏頭强歌舞玉壺美酒不消憂魚腹熊蹯棄如土陽臺夢短匆匆去鶯鎖生寒愁日暮安得義士擲千金坐令桑濮歌行露

烈婦行　趙孟頫

至元七年冬濱州軍士劉平之戍棗陽與其妻胡俱

道宿車下爲虎所得起追及之殺虎脫其夫吾聞之中原賢士大夫如此乃爲感激慷慨作烈婦行以歌之

客車何焞焞夫挽婦爲推問君將安去言往棗陽戍官事有程宿車下夜半可憐逢猛虎夫命懸虎口婦怒髮指天十步之內血相濺夫難再得虎可前寧與夫死毋與虎生呼兒取刀力與爭虎死夫活心始平男兒節義有如許萬歲千秋可以事明主馮婦卞莊安足數嗚呼猛虎逢尚可寗成寗成柰何汝

沉沉行　　虞集

沉沉天宇玄以黝星河如銀垂近人牛羊漫散草多露大帳中野旁無隣去年八月羽書急婦女上馬小兒泣今年八月天子來身屬櫜鞬月中立

車簇簇行　　馬祖常

李陵臺西車簇簇行人夜向灤河宿灤河美酒斗十千下馬飲者不計錢青旗遥遥出華表滿堂醉客俱年少侑盃小女歌竹枝衣上翠金光陸離細肋沙羊成體薦共訝高門食三縣白髮從官珥筆行毳袍衝

雨桓州城

竹枝歌京城南粟侯玩芳亭仲淵子於同賞牡丹　馬祖常

城南牡丹一百本翰林學士走馬來渡水楊花逐飛燕剪衣雪影覆春臺

粟侯宅中花一園客來飲酒費金錢明朝碧樹春城合恨不江東問酒船

玉環引送伯庸北上　王士熙

崑山有美璞昆吾有寶刀推雪漉寒冰凝此英瓊瑤團團月長滿皛皛白雲淺似環環無窮寥寥人意遠

有美天山人皎潔同精神禁垣青春多大珮垂朝紳腰無大羽箭肘有如斗印結束上京行騮駒騄長勒不採珊瑚鈎海深安可求不靴水蒼璧漢庭羅公侯愛此玲瓏質題詩贈與客百金一朝傾三年不可得不得只空行山泉琴峽鳴摩挲龍門石憶憶應留情天風北極高歸途踏霜草不惜玉環分只願君還早

早朝行　王士熙

石城啼鳥翻曙光千門萬戶開未央丞相珂馬沙堤長奏章催喚東曹郎燕山騮騎朝來到雨澤十分九

州報輦金馱帛分逵行龍沙士飽無鼓聲閤中龍牀琢白玉瑟瑟圍屏海波綠曲闌五月櫻桃紅舜琴日日彈薰風

畫馬歌　　范梈

錢君畫人勝畫馬安得名驄妙天下青雲隱約見龍文有意軒昂駛華夏圉官山立頎而髯朱衣黑帶高帽尖問渠掌握詎有此牽控寧知人汝嫌君不見才士受束縛往往因之縱寥廓

蘇小小歌　　辛文房

東流水底西飛魚銜得錢塘紋錦書幾回錯認青驄馬著處閑乘油壁車鷓鴣盃殘春樹暗蒲萄衾冷夜牕虛蓮子種成南北岸苦心相望欲何如

李宮人琵琶引　揭傒斯

茫茫青冢春風裏歲歲春風吹不起傳得琵琶馬上聲古今只有王與李李氏昔在至元中十九辭家來入宮一見世皇稱藝絶珠歌翠舞忽如空君王豈爲紅顔惜自是他人彈不得玉觴未舉樂未停一曲便覺千金直廣寒殿裏月流輝太液池頭花發時舊曲

半存猶解語新聲萬變總相宜三十六年猶一日長
得君王賜顏色形容漸改病相尋獨抱琵琶空歎息
典聖宮中愛更深承恩始得遂歸心時時尚被宮中
召强理琵琶弦上音琵琶轉調聲轉澁堂上慈親還
佇立回看舊賜滿床頭落花飛絮春風急

船上謠送伯庸以番貨事奉使閩浙　宋本

江華江月要才情多病堪憐馬長卿莫向都門折楊
柳帝鄉春色不南行
琉球眞蠟接闍婆日本辰韓薉貊倭番船去時遺可

石年年到處海無波

朱張死去十年過海寇凋零海賈多南風六月到岸酒花股篙丁柰樂何

湧金門外是西湖隄上垂楊盡姓蘇作得吳趨阿誰唱小卿墳上露蘭枯

舊時家近黑橋街三十餘年不往來憑仗使君一問訊楊梅銀杏幾回開予以至元廿六年出杭故君東廂隅四條巷旁有橋名黑橋居有楊梅銀杏二樹在巨井上圍

閭中父老白髭鬚老子風流記得無昔日郎君騎竹

馬如今使者罵軺車伯庸之先嘗仕閩中

素馨華畔十八娘炎雲瑞露酌天漿一日供廚三百顆使君館券莫支羊

薰陸胡椒腽肭齊明珠象齒駭雞犀世間莫作珍奇看解使英雄價盡低

東海澄清南海涼公廚海錯照壺觴郎君奢好江瑤脆水母線明烏賊香

明年歸路蹋陽和鈇胯輕衫剪越羅春風通惠河頭路還與官家得寶歌

卷終

元文類卷之五

元

趙郡蘇天爵伯脩父編次
太原王守誠君實父挍訂

七言古詩

鄧州城樓　元好問

鄧州城下湍水流鄧州城隅多古丘隆中布衣不復見浮雲西北空悠悠長鯨駕空海波立老鶴叫月蒼烟愁自古江山感遊子金人誰解賦登樓

吊故宮　杜瑛

月上觚稜椒壁濕飢烏啄碎琅玕石刼灰飛盡海揚塵廢殿荒臺土花碧洛陽書生汴梁客一夜春風頭欲白尊中賴有酒如泉醉倚寒窻破愁寂

巨源相過話舊有感　王磐

中統三年春二月變起青齊帶吳越鯨鯢轉側海波翻城郭橫尸野流血我時辛苦賊中來兵塵糢糊眼不開妻孥棄捐豺虎口飛蓬飄轉無根荄天寒日暮齊河縣破驛荒凉絕烟爨騎行驛馬鈍如蛙官吏散地無處喚與君此地忽相逢行臺郎中氣勢雄憫我

白頭遭喪亂壯我臨難全孤忠急呼驛吏具鞍馬使
我厄路還亨通明晨相隨濟南去出入條侯營壘中
死生契濶不相棄起居飲食常相同標山華注日在
眼綿歷春草及秋風四郊斫木桑柘盡濼源飲馬波
濤空兇渠腰領膏野草始見齊魯收烟烽巨源巨源
君且坐我欲高歌君可和往事回頭十五年猶想離
魂招楚些一身逢喪亂百憂纏生不成名空老大我依
破硯竊恩榮君佐雄藩收最課流萍蹔聚不多時且
喜相看顏一破我衰無力訪君難顧君相假頻相過

有懷梁仲經父　楊奐

美人煢煢在何處海濶天低隔烟霧珊瑚零落芙蓉空咫尺相望迷去路翠輦金輿雙鳳凰風吹環佩聲琅琅壺觴狼藉事已往一日萬里愁茫茫劉郎竟是誰家客歲晚霜華林葉赤美人煢煢在何處鴨綠江頭江月白

金太子允恭墨竹　劉因

黑龍江頭氣欝葱武元射龍江水中江聲怒號久不瀉破墨揮灑餘神功天人與竹皆眞龍墨竹以來凡

馬空人間只有墨君堂何曾夢到瓊華宮瑤光樓前月如練倒影自有河山雄金源大定始全盛時以漢文當世宗興陵爲文明昌子樂事孰與東宮同文采不隨焦土盡風節直與幽蘭崇百年圖籍有蕭相一代英雄誰蔡公策書紛紛少顔色空山夜哭遺山翁我亦飄零感白髮哀歌對此吟雙蓬秋聲瀟瀟來晚風極目海角天無窮黑龍江見金史亟蘭軒義宗苑所沐亍張蔡公以金實錄歸遺山嘗就公謄錄此軸亦公得于沐之中秘者公之子仲仁特以求予詩故終篇及之

金太子允恭唐人馬　劉因

道人神駿心所憐天人能種畫亦然房星流光忽當眼徑欲攬轡秋風前漢家金粟幾蒼烟江都筆勢猶翩翩東丹獵騎自豪貴風氣惜有遼東偏天人秀發長白山畫圖省識開元年金源馬坊全盛日四十萬匹如秦川天教刼火留此幅玉花浮動青連錢英靈無復汗石馬悲鳴眞似泣金僊只今回首望甘泉汾州繁華鴈影邉奇探竟隨轍跡盡兀坐宛在驊騮先人間若有穆天子我詩當作祁招篇

陳氏莊　劉因

陳氏園林千戶封，晴樓水閣圍春風。翠華當年此駐蹕，太平天子長楊宮。浮雲南去繁華歇，回首梁園亦灰滅。淵明亂後獨歸來，欲傳龍山想愁絕。今我獨行尋故基，前日家僮白髮垂。相看不用呑聲哭，試賦宗周黍離離。陳氏先父之外家也，金章宗每出獵，必宿其家。淵明謂先父。龍山指孟嘉事。

渡白溝

劉因

東北天高連海嶼，太行蟠蟠如怒虎。一聲霜鴈界河秋，感慨孤懷幾千古。只知南北限長江，誰割鴻溝來此處。三關南下望風雲，萬里長風見高舉。萊公灑落近雄才顯德千年亦英主謀臣史臣强解事枉著渠頭汗吾鼓十年鐵硯自庸奴五載兒皇安足數當時一失榆關路便覺燕雲非我土更從晚唐望沙陀自此橫流穿一縷誰知江北杜鵑來正見海東青鳥去漁陽檛鼓鳴地中鷓鴣飛滿梁園樹黄雲白草西樓暮木華山頭幾風雨只應漠漠黄龍府比似愁岡更愁苦天教遺壘說向人凍雨頑雲結凄楚古稱幽燕多義烈嗚咽泉聲瀉餘怒仰天大笑東風來雲放殘陽指歸渡

宋徽宗賜周準人馬圖　　劉因

筆底金鞍有肅爽誰云不博降王長汴梁門外若雲屯畫本相看應自賞十載青衣夢故都經營慘淡欲何如只除金粟呼風鳥曾見昭陵鐵馬趨

宋理宗書宮扇　　劉因

杭州宮扇二好事者得之燕市一畫雪夜泛舟一畫二色菊理宗題其背有興盡爲期及晚節寒香之句諸公賦了亦同作

天津月明啼杜鵑梁園春色凝寒烟傷心莫說靖康

前吳山又到繁華年繁華幾時春已換千秋萬古合歡扇銅雀香消見墨痕秋去秋來幾恩怨一聲白鴈更西風冠蓋散爲烟霧空百錢藏錦天留在禍胎要鑒驪山空當時夢裏金銀闕百子樓前無六月瓊枝秀發後庭春珠簾晴捲天門雪棹歌一曲白雲秋不覺金人淚暗流乾坤幾度青城月扇影無情也解愁五雲回首燕山雪燕山雪花大如席雪花漫漫冰袞袞大風起兮柰爾何

登金荆軻山　劉因

兩山嶢嶢捕天色中有萬斛江聲哀人言此地荆軻館尚餘廢壘山之隈太子西來函關開誰信生鬼爲禍胎筆頭斷取江山去已覺全燕如死灰馬遷尚俠非史才淵明債世傷幽懷春秋盜例久不舉紫陽老筆生風雷遺臺古樹空崔嵬平蕪落日寒烟堆紛紛此世亦良苦今古燕秦經幾回憂來徑欲浮蓬萊安得魯連同一盃碣石東頭與羨門六鰲載我三山來

幼安濯足圖　劉因

漢家無復雲臺功生平不識大耳公眼中天意鏡中

語此身只有扁舟東關東諸公亦英雄百年能辨山陽封歸來老栢號秋風世路悠悠七十翁乾坤故物雨足在霜海浮雲空復笠無刀可斷華大尉有死不爲丕太中丹青白帽凛冰雪高山日送冥飛鴻爲問蘇家好兄弟萬古北海誰眞龍長公愛文舉次公愛幼安葢氣質各以類云

歸去來圖　　劉因

淵明豪氣昔未除翱翔八表凌天衢歸來荒徑手自鋤草中恐生劉寄奴中年欲與夷皓俱晚節樂地歸唐虞平生磊磊一物無停雲懷人早所啚有酒今與

龐通沽眼中之人不可呼哀歌撫卷聲嗚嗚

淵明歸來圖　盧　摯

留侯晚歲游赤松武侯早歲稱卧龍忘秦扶漢聲隆隆淵明初非避俗翁兩侯大節將無同鴈秋持書晉甲子辭鋒時露長沙雄王弘何幸奉吾足督郵能芥平生胷門前五柳春濛濛落絮不與江波東環堵蕭然吾未窮北牕儘有羲皇風畫圖不盡千古意詩成一笑浮雲空

淵明歸來圖　尚　野

羲皇上人鄉里兒田園將蕪非所思楚聲雖託絕怨懟高情千古歸來辭歸來忽復河山移忠憤意切語益微白雲遙遙望不極東籬舊菊西山薇夷齊奚疑怨耶非况乃貌此遺世資文行圭璧照方册飄然髣髴空同時子雲擬聖諸儒譏法言美新吾誰欺考亭夫子春秋筆昭然晉莽日星垂

過黃陵廟　　李材

黃陵廟前湘水綠天寒漁郎唱巴曲沙棠舟上月蒼蒼翠蛟白蜃江茫茫似聞清愁五十柱萬里鴻飛楓

葉暮神鴉翻舞祠門開珠裳玉袖霑莓苔玄猿晝啼
蘺薜影赤鱗夜去芙蓉冷北渚淚痕斑竹紋南風哀
思蒼梧雲山頭古桂秋露碧山下江流豈終極荒涼
揭車雜杜衡靈風自吹煙霧旌輕帆晚向芳洲泊聊
薦蘋羞奠蘭酌沅有芷兮湘有沱洞庭木落生層波
裴回獨詠騷人歌

金人出塞圖　　虞集

海風吹沙如捲濤高爲陁磧深爲壕築壘其上嚴周
遭名王專居氣振豪肉食湩飲田爲遨八月草白雲

颼颼馬食草實輕骨毛加弦試弓復置櫜今日不樂心慅慅什什伍伍呼其曹銀黃兎鶻明繡袍鷓鴣小管隨鳴鞦背孤向虛出北臯海東之鷙王不驕錦韝金鏃紅絨條按習久蓄思一超是時晶清天翳絕駕鶻東來雲帖帖去地萬仞天一瞥離妻屬望目力竭微如聞音鷙一掣東身直上不回折遂使孤飛一片雲頃刻平蕪洒毛血爭誇得雋頓足悅旌旗先歸向城闕落日悲風起蕭屑烟塵滿城鼓微咽大酋要王具甘歡王亦欣然沃焦熱閼支出迎騎小朦琵琶雨

擁紅頻頻舞歌迭進醉燭滅穹廬斜轉氍毹月

董元夏景山口待渡圖　　虞集

董元夏山何可得嘉木千章鐵作畫層巒總含雨氣潤百谷正受川光溢犬牙洲渚善洑洄滄江散落碣石開山田何處無耕鑿尋源不得還徘徊榔下行人將有適臨流不度心爲惻我楫孔堅舟孔安奉子以濟諒非難

送孟修兄南歸　　虞集

老兄五月來作客八年不見頭總白五人兄弟四人

在每憶中郎淚霑臆我家蜀西忠孝門無田無宅惟
書存兄雖莞庫實父蔭弟竊餘澤承君恩文章不如
仲氏好叔氏最小今亦老士郎十歲未知學嗟我胡
爲長遠道諸兒讀書俱不多又不力耕知柰何憂來
唯得二三友看花把酒臨風歌蜀山嵯峩歸未得盤
盤先隴臨川側碧梧翠竹手自移應與青松各千尺
南風吹雪河始冰兄歸烏帽何睘睘明年乞身向天
子共讀父書歌太平

寄鄉友　馬祖常

河邊老父念我出遠寄京華書一行謂言白髮今多少又報南園竹樹荒門前石田秔秫熟犢子新生走如鹿莫戀官家有俸錢長年作客身如束

送蘇公赴嶺北行省郎中　王士熙

居庸關頭亂山積李陵臺西白沙磧畫省郎官貂帽側飛雪皚皚馬韉濕馬蹄雪深遲遲行冷月悽雲塞垣明鐵甲無光烽不驚萬營角聲如水清明年四月新草生征人賣劍隴頭耕思君遙遙隔高城南風城樓來鴈鳴

萬竹亭　范梈

誰能買山種萬竹殘年請老任巴蜀結亭更在竹中間四面雲谿寫山麓風敲最覺夜眠清雨洗塍延秋望綠日吟不限三千字日飲定須過百斛隴西仙翁持斧客散馬京城行新菊爲言令弟隱滄江如此風流天下獨乃家正在蠶茨野束束琅玕繞茅屋方知白眼待時人貧踞科頭自爲俗是邦子雲劇博雅閉門草玄食漢祿多緣未識此君心往事微瑕傷白玉使君自是廊廟具方駕前修詎爲辱平生抱負勁直

節日暮天寒照空谷始我瞻望望不及終我嘆嗟嗟
不足乞官倘或從西遊向予亭邊覘黃鵠

滋溪書堂　謝端

趙之川滮浸淶易恒滱泜洨各異出惟滋有溪亦是
匹或伏或見乃不容不能百里滮是從混混千里俱
朝宗予予褰涉河觀湖江踔雲蕩日怒擊撞歸覘予滋
嶺之瀧是滋名裼予所始有田有廬水之涘有堂三
楹庳非侈中經子史堂右左高曾遺子以自課予過
善繼志不惰蒐今摭古扶惟奇泓涵演迤吐為辭副

墨往往傳京師羸金青紫世所取滋溪有源子有後斯堂斯書可世守

雜言

觀雷溪　劉因

飛狐天下脊老氣盤互回三江瀉天怒合爲一水東南來此勢不殺令人愁石門喜見西山開未補青天裂誰鑿渾沌胎奇聲猛狀萬萬古山根幾許猶崔嵬兩山倒傾瀾百丈逢顛崖先聲動毛髮餘爽開襟懷初疑萬壑轉奔石意像髣髴坤軸摧又疑鼓角鳴地

中百步未到仍徘徊荒祠下石磴駭曰何雄哉春風不到太古雪今日仍得胷中雷穿石誰能窮窟宅流沫勢欲浮蓬萊平生芥蔕今寒灰兩耳到骨無纖埃鄜元筆頭天下水石頭之奇猶見摧乃知茲游亦奇絕快弄素霓噴瓊瑰東崖一片石坐拂千年苔爲招郎山居共捲長鯨盃江妃爲撾靈鼓催赤鱓躍出銀山堆先生醉來泉灑面狂歌一和湍聲哀

游郎山　劉因

昨日山東州馬耳索御凌風嘶今日軍市中不覺已

落山之西山之面背一無異不待風烟變化神已迷危關度雪嶺亂石通荒蹊林間小草不識風日自太古我行終日仰羨木抄幽禽啼但見雨色來雲物颯以凄忽然長嘯得石頂痛快如御駿馬蹄萬里來長風五色開晴霓長劒倚天立皎潔瑩鸊鵜平地拔起不傾側物外想有神物提詩家舊品嵩少同畫圖省見巫山低誰令九華名獨與八桂齊千態萬狀天不知敢以兩目窮端倪騫騰誰避若飛隼側瞰何屈如怒猊千年落窮邊烟草寒萋萋若非酈亭書生此鄉

國物色誰省曾分題鄮道元注水經說郎山形勢最眞今溕郡有鄮亭其先世所居也乾坤至寶會有待豈有江山如此不着幽人棲頗聞山中人雲間時聞犬與鷄只疑名山別有靈境在不許塵世窮攀躋不是先生南游有成約徑欲共把白雲犂九疑窺衡湘禹穴探會稽玉井爛賞金芙蕖日覩倒捲青玻璨風烟回首莫瀟灑南游準擬相招攜

岳陽樓　　張經

巴陵形勝甲天下郡治西南有樓曰岳陽盡得巴陵

之勝至元丙戌余以監察御史按臨長沙道山巴陵凡一往返不暇一登甲午夏備員湖北憲司分司于辰始得以酬平昔之志噫湖山如此造物者何其靳邪因留數語以識歲月云

洞庭一水七百里烟朝月夕皆經過豈知斜陽萬里更有一佳處君山十二盤青螺乾坤有此樓萬古高嵯峩憶昨長江咫尺限南北風烟畫本一日千摩挲今朝快一登恍若驅沉痾生平所羨鑑湖請乃今更覺君恩多湘靈也似知我至時令白鳥來婆娑鐵笛

紫荊曲春草黄陵歌江山一醉謾不省悲風落日生白波愛山愛水亦非癖柰此日月如飛梭彭蠡銀山堆碧海青銅磨武昌雲間嘆黄鶴采石天外愁青娥詩家割據幾今古元氣發泄天不訶扁舟歸來月一蓑仙槎已候三山阿吾欲乘興觀銀河

題丁氏松澗圖　　鄧文原

天目之峯凌紫烟下周林壑紆長川清池斗絶涵倒景神運直自疏鑿先彼美幽貞廬耑房曲奥辛夷荃蒼官手植經幾年靈蚪天矯今參天門前朝流暮流

水但聞濺石瀉瀨鳴濺濺山人養眞衡茅下有書可
讀琴可弦意行淸澗曲長嘯松風前山月出林高溪
花弄春姸仙人欲來夜將半天空鶴唳山凄然飈塵
大笑狂馳子口誦丹訣傳眞玄我欲從之結隣屋得
疏藥圃謀芝田

我本山人素志丘壑獲歸名山爲願畢矣爰以
四月十一日離京師是夜抵潞陽慨然賦詩
遺慰匡廬隱者併以寄金門諸公爲一囑云

李　泂

野馬脫羈鞅倏[illegible] 天地寬臨風一長鳴風吹散入青冥間頗如魯仲連蹈海不復還又如安期生長留一舄令人看江南浩蕩忽如海落日照耀浮雲關既不能低眉伏氣摧心顔詭遇特達驚冥頑又不能抱書挾策千萬乘調笑日月相廻盤匡廬迢迢接仙山仙翁泛若秋雲閑長松之陰引孤鶴望我不見空長嘆釆鉛天池津飲淥桃花灣蒼梧倒影三湘寒赤城霞氣生微瀾鯨鯢翻空海波赤曉色欲上扶桑難人間之樂兮誠不足恃何如歸卧棲巖巒洒岩巒卧巖穴

夜半天風吹酒醒猶有西溪萬年月

先天觀　范梈

學仙之人與山爲徒往往在台廬之奥湖江之區張公鍊丹作龍虎丹成御氣游六虚後來出者絶代無復有逸人往玄都玄都之壇角井孤上摩萬里之黄鵠下伏千尺之飢黿陰森檜筠自太古斬種力與開闢俱搏桑朝日挂絶壁坐見觀閣青模糊擘厓控弦寫哀壑秋春雲露之田腴我亦人間山澤臞偶陪時龍賓唐虞有時一醉黄公壚震風三日撼不蘇折華

不得度弱水揮手始識仙凡殊　玉堂學士危與吳遺我茲山之畫圖尋牕數戶久歎息無因置我雙擕蒲獨行幽人不受呼掃葉青澗聽啼烏日暮蘿徑相縈紆相縈紆向何處明朝爲借麻姑鵬我亦騎之上天去

雜體

入安南絕不作詩清明感事集句　陳孚

十里宜春下苑花五年寒食任京華自憐慣識金蓮燭奉使虛隨八月槎

回首扶桑銅柱標芙蓉帳暖度春宵清明寒食誰家
哭折戟沉沙鐵未消
水流花謝兩無情獨上高樓望帝京閑憶金明池上
路人生看得幾清明
江東行客思悠哉不盡長江袞袞來寒食清明都過
了鷓鴣飛上越王臺
台州城濶海冥冥人踏金鰲背上行獨在異鄉爲異
客無花無酒過清明
慈母年高鶴髮垂鄉書無鴈到家遲初過寒食一百

六一日思親十二時

共籍梨花作寒食孟光舉案與眉齊越裳翡翠無消息夜合花前日又西

寒食家家出古城滿川風雨看潮生八千里外飄零客起向朱櫻樹下行

一百五日寒食雨風光別我苦吟聲尚書氣與秋天杳同是天涯流落人

海上乘槎上紫氣清明時節雨紛紛虎牙銅柱皆傾倒水盡天南不見雲

遠遊聯句 壬寅冬與伯長同留姑蘇時伯安將赴都　袁裒

海鵬跨南雲一去抉浩蕩宛駒踏北雪絕足追罔象桷宵征車載脂明發燈在幌行邁念悄悄離愁懷養養裒違吳始按浙過越猶指掌虹網結長思羯鼓促新響觴至不復辭桷駕逸誰能彷明堂企棟梁武庫須落蕩材同珊璉英裒學媿蓬麻長大施朱弦清小薦金莖流雲間鶴孤唳桷天外鴻橫上曉艅艎輕水午店憇平壤追攀瞰烟濤裒涉歷走塵鞅清淮橋蝃蝀薄霧裹驌驦風臺牛一鳴桷日觀雞三唱團桑沃

如益宿草亂若繼青帘客沽酒袁素鬣漁收網心觀洙泗流眼豁恒岱爽追程騎侵雲栴勸耕農植杖俗厚喜豐登氣俠存慨慷伊河旣東流袁維斗復北仰誰云風土殊始覺宇宙廣骨聳終超騰神清誰戃怳釣天夢豈眞栴廣寒步空想銖衣入閶闔芥粒視北坱千官紫府榮九奏彤庭暢摛文剪金炬袁展寀簇天仗清都蹌咫尺弱水設方丈絳旗雲霧開寶扇日月晃仁聲被八表栴德意昭羣枉況檢極封崇芬飶巖聆鑾瑞氣藹重重泰階瞻兩兩馳峯出天廚袁褭

蹏錫中帑鳴珂接俊彥正笏逺偏黨德人笑采芝逋
客棄拾椽茅扳要有方桷矢來本無響湘纍但瓌詞
越相僅金像遭讒氣徒憤得計身何往豈如及承平
相與窮坰郎君行出我飈我滯心悒怏輕霜著裘帽
袁微雪留草莽離歌出蒹葭古製却盆蓋先登匪一
獲後至激孤獎城南燈火深桷塞北音書阻春風漸
披拂臘水將滉漾詩成愈加險酒盡未爲彊雙眸秋
水炯袁累語春波盪經行度崎危交友希倜儻覊遊
棄楚荒逺客憐齊傖光陰尺璧重桷事業千金賞行

還鴈塔題復覩鴻都榜時來戒步窘事至勿技癢脂
韋本凡近衰鐵石乃忠讜詞林納疵美書田計荒穢
列仙會儒癯柟羣公極吏䠞陸生强咿嚘陶令終骫
髊清心百王避正色上帝饗徒爲捧心施莫學畫眉
敝功名要無心造物端有相行行遂初志操持記疇
曩

元文類卷之五終

傳古樓景印